大阪ストレイドッグス

伝説のペット探偵・男鹿の冒険

長原成樹

NAGAHARA SEIKI

大阪ストレイドッグス　伝説のペット探偵・男鹿の冒険

目次

1　ミナミの夜

とにかくツイてない奴、というのがいる。

旅行に行く度、絶対、殺人事件に遭遇するサスペンスドラマのヒロインや、クリスマス・イヴに必ずテロに巻き込まれるアクション映画のヒーロー、他の女にキスされた所を〝偶然〟恋人に目撃されてしまう恋愛映画の主人公——。

瀬尾慎吾も、まさしくそういう人間だ。

しかし、瀬尾には、彼らと決定的に違う事が一つある。

彼らには必ずハッピーエンドが用意されているが、瀬尾にはそんな物、まず用意されていない、という事だ。

そういう訳で、瀬尾は今、大阪ミナミの片隅に停めてある白いワゴン車の中、震えている。寒いのではない。夏の夜独特のねっとりするような熱気は、この密閉されたワゴン車の中にもたち込め、瀬尾の体にへばりついている。瀬尾が震えている理由はただ一つ。これから瀬尾がやろうとしている事への恐怖からだ。

瀬尾の汗ばんだ手には拳銃。もちろんレプリカだ。

雑居ビルを見上げる。二階の窓。灯《あか》りはまだついている。人通りも、随分前から完璧に途絶《とだ》えている。やるなら今だ。

盗っても表に出ない金や――最近まで働いていたパチ屋の先輩から得た情報だった。

「どうせ悪い事して儲けた金や。俺が貰うて何が悪い」

呟いた瀬尾は、しかし、自分の声が震えているのに気づいた。

やはり先輩から、もっと詳しい情報を訊いておくべきだったか――。

やる前から、早くも瀬尾は後悔し始めていた。いや、やめる理由を探しているのか。

自らを奮い立たせるため、瀬尾は助手席を見た。助手席に座った裕次郎のつぶらな瞳が瀬尾を見返してくる。

裕次郎は瀬尾の唯一の家族だ。瀬尾とは十五歳離れているから、今年で十二歳になる。無口で滅多に喋らないが、誰よりも優しく、大きく澄んだ瞳をしている。

その瞳を見つめている瀬尾の胸に、またしても後悔がよぎる。

やはり家で待たせておくべきだったか――。

裕次郎にもしもの事があったら、瀬尾は死んでも死にきれない。いや、瀬尾にもしもの事があっても、裕次郎を一人ぼっちにしてしまう事になるのだ。

やはり今日は、やめておこう。

裕次郎への心配を言い訳に、瀬尾が車を発進させようとしたその時だ。

状況が動いた。

雑居ビルから、明らかにその筋《すじ》の人間と分かる強面《こわもて》の男たちが三人、出て来たのだ。

瀬尾は慌てて頭を下げ、隠れた。

三人組は瀬尾の白いワゴンを一瞥《いちべつ》し、どこかへと歩き去って行く。間もなく時計が十二時を回り、日付が変わろうとしている。近くには繁華街がある。遅い夕飯でも食べに行くのだろうか。あるいは呑みに行くのかもしれない。

瀬尾は、三人組の姿が見えなくなったのを確認し、二階の窓を見上げた。灯りはまだついている。おそらく今、あそこに残っているのは、最も下っ端と思《おぼ》しきサル顔の男が一人きり。瀬尾と同年代くらいで、他の三人と比べると、かなり頼りない印象の若い男だ。おそらく近くの繁華街へと消えたあの三人組も、しばらくは帰ってこないはず。またとないチャンスだ。

気づくと、ずっと続いていた瀬尾の震えは止まっていた——。

決断した瀬尾の動きは速かった。目出し帽を被《かぶ》り、紙袋を脇に抱えると、レプリカ拳銃を手に、一気に道路を横断した。裕次郎の方は振り返らない。

鏡張りのドア、そして、まるでこちらを睨《にら》んでくるかのようにドアの四方に設置された監視カメラに思わず足が竦《すく》む。

と、鏡張りのドアに映った自分の姿が目に入った。目出し帽を被ったその姿は、顔が見えないせいか、まるで別人のようだった。

——大丈夫、顔は映らない。

安堵と共に、アドレナリンが沸き上がって来た。

——そうだ。今夜から俺は俺じゃない。いや、今夜から俺は変わるんだ。

勢い良くドアを開け放ち、雑居ビルに入る。階段が見える。普通の雑居ビルとは違い、階段はやや斜めな造りになっている。確か、襲撃者に備えるためだと、以前聞いた事がある。その階段を駆け上がる。二階に着く。すぐ左手にあるのが、目指すドアだ。さっき三人組が出て行ったせいか、鍵はかかっていなかった。

瀬尾はレプリカの拳銃を構え直すと、躊躇《ためら》う事なく突入した。

まず目に飛び込んで来たのは、サル顔の若者だ。

こういう事態を全く想定していなかったのか、デスクに座ったままポカンとアホ面《づら》を浮かべている。さらに、軽い夕食でも食べていたのだろう、口いっぱいに何かを含み、モゴモゴしている。その様が一段と彼のアホ面を強めている。

勝てる。そう思った。

瀬尾は、サル顔の近くにあるデスクに紙袋を放った。

「金や。金をそれに詰めんかい」

「まんまも？」口をモゴモゴさせながらサル顔が言った。一瞬、「マンマ（飯）も？」と言ったのかと思い、サル顔が紙袋の中に夕食を入れるアホな画《え》を想像してしまったが、そんなはずはない。おそらく「なんやと？」と言ったのだろう。瀬尾は構わず続けた。

「ここにある金、全部や」

サル顔がようやく口に入れていた物を呑み込む。

「あんた、ここにあるんが誰の金か分かってるんか」

「ええから、早よせえっ」

拳銃を持った手に力が入る。レプリカのくせにやけに重い。が、それが功を奏したのか、拳銃を本物だと信じたらしいサル顔は、目に恐怖の色を浮かべ、命じてもいないのに両手を上げながら、棚の上にある黒光りする金庫へと動いた。

サル顔が震える手で金庫のダイヤルを回す。

カチリ、と金庫の鍵が開いた。幸福な人生——少なくとも今よりはマシな人生への鍵が開く音。ここまでは完璧だ。

サル顔が金庫を開けようとする。

「待て」瀬尾が命じた。

ヤクザは金庫の中に拳銃を隠している――。

そんな、小説だか、映画だか、噂話だかがあったのを思い出したのだ。

瀬尾は右手の拳銃をサル顔に向けながら、左手で紙袋を摑《つか》むと、金庫の前へと動き出した。サル顔は黙って瀬尾を目で追っている……。

その時だった。

グラッと大きく世界が揺れた。

一瞬、何が起きたのか分からなかった。

落ちていたバナナの皮に滑《すべ》って盛大に転倒したという事を瀬尾が知ったのは、床に激しく後頭部を打ちつけた後だった。どうやらサル顔は、食べ終えたバナナの皮をゴミ箱に投げ捨てようとして、見事に外していたらしい。それがちょうど瀬尾からは死角となる場所にあったようだ。

強盗に入ったヤクザの事務所でバナナの皮に滑ってコケる――それが瀬尾という男だ。

だが、不幸中の幸いは、哀しいかな瀬尾がこういう事態に慣れているという事だ。そしてサル顔の方も、瀬尾と同じくらい、いや、瀬尾以上にこの事態に驚いているという事だ。無理もない。バナナの皮に滑ってコケる奴など、滅多にお目にかかれないはずだ。

すぐに冷静さを取り戻した瀬尾は、事態を把握する。

右手に拳銃がない。転倒した拍子にどこかへ行ってしまったようだ。

素早く目を走らせる。

あった。部屋の隅に転がっている。サル顔はまだ気づいていない。

瀬尾は走った。ようやく気づいたサル顔も、瀬尾の進路を塞ぐようにして拳銃に手を伸ばす。

瀬尾が先か。サル顔が先か。

拳銃に向かって滑り込みながら、一瞬瀬尾は、ビーチフラッグのようだな、と思った。夏の砂浜で、爽やかなスポーツマン二人が、互いに好きになった女を賭け、可愛らしい小さな旗を奪い合う、あの甘酸っぱい感じ。おそらく瀬尾とサル顔の同世代の連中は、いつもそういった事を楽しんでいるのだろう。しかし、瀬尾とサル顔は今、ヤクザの事務所で、命を賭けて、レプリカの拳銃目がけて滑り込んでいる。

先に届いたのは、サル顔の手だった。

拳銃を手にしたサル顔は立ち上がり、瀬尾に銃口を向けた。

「いてまうぞ、コラァッ」――形勢逆転。

だが、サル顔には、その拳銃がレプリカである事に気づく冷静さも、引き鉄《がね》を引くだけの度胸も欠けていた。拳銃を瀬尾に向けたまま、どうしたらいいか分からない様子でアホ面を硬直させている。

――まだチャンスはある。

金庫は開いている。あとは金を奪って逃げるだけだ。

その時、デスクの電話が鳴った。サル顔の注意が電話に向く。

今だ。

瀬尾はサル顔に突っ込んだ。サル顔が思わず引き鉄を引く。もちろん弾丸《たま》は出ない。

サル顔はようやく気づく。「偽物やないか」

形勢逆転したと思い込んでいたサル顔に動揺が生まれる。その隙《すき》を瀬尾は見逃さなかった。サル顔の鳩尾《みぞおち》に右アッパーを叩き込んだ。かつて警備員の仕事をしていた時、元プロボクサーの同僚から教えてもらった渾身《こんしん》の一撃だ。その警備員の仕事も例によって不運が重なり、すぐクビになってしまった訳だが。

とにかく、瀬尾のパンチに、サル顔が体を二つに折り、身悶えている。

瀬尾はデスクの上のノートパソコンを取ると、そいつでサル顔の後頭部を殴った。サル顔は前のめりに倒れ、動かなくなった。気を失ったようだ。

気づくと、デスクの電話は鳴り止んでいた。


瀬尾は紙袋を手に、金庫の扉を開けた。

百万円の束が、一、二、三……全部で七。そしていくつかの金塊。金塊まであるのは嬉しい誤算だった。それを全て紙袋に詰め込む。詰め終えた紙袋の紐《ひも》を肩にかけ、体の脇に抱えた。ずっしり来る重さ……明日への希望に満ちた重さだ。瀬尾が出口に向かおうとしたその時、窓から予想外の光景が見えた。

あの三人組が帰って来たのだ。

どうやら夕飯を食べに行った訳でも、呑みに行った訳でもなかったらしい。白いワゴン車から、裕次郎が不安げに三人組を見ている。

「クソ」瀬尾は思わず呟いた。

三人組は既にビルの入口へ入ろうとしている。今出て行けば、確実に捕まるだろう。かと言って、どこかに隠れてやり過ごす事もできそうにない。こうして悩んでいる間にも、三人組の話し声と足音は階段を上り、どんどんこちらへ近づいてきている。

どうする？

迷った挙げ句、瀬尾は目出し帽を取った。夜の窓に不安げな顔が映る。

大丈夫。とにかく今はこうするしかない――。

自分に言い聞かせ、瀬尾は床に落ちていたレプリカの拳銃を紙袋の中に入れると、倒れているサル顔の傍《そば》に駆け寄った――。

「大丈夫ですか？　しっかりして下さいっ」

三人組が事務所に入って来たのを見計らい、瀬尾はサル顔に向かって声を張り上げた。

第一発見者を装う事――それが瀬尾の捻《ひね》り出した苦肉の策だ。顔を見られてしまうのは痛いが、この場で捕まってしまうよりは遥かにマシだ。あとはサル顔が目覚めない事と、三人組が、少なくともサル顔と同程度には、アホである事を祈るしかない。

「何や、お前、何してる」

三人組の内、一番血の気の多そうな坊主頭の男が、興奮して駆け寄って来た。床に倒れているサル顔を見て驚き、瀬尾を睨む。

「お前がやったんか」

足の裏から熱いものが込み上げてくる。

「お、俺やありませんて」

坊主頭が瀬尾から目を逸《そ》らさずにしゃがみ込み、サル顔の呼吸を確かめる。

「気絶してるだけですわ」と坊主頭。サル顔の胸倉を摑み、「起きんかい、コラ」と、頬を叩いた。呻《うめ》き声を上げるサル顔。

マズい。今、サル顔に目を覚まされたら、全てが水の泡だ。

「や、やめた方がええと思います」

「何やと」

「たぶん頭を殴られたんやと思います。下手に動かすと、命に関わるかも」

「…………」

舌打ちしながらも、坊主頭はサル顔を乱暴に放した。サル顔の後頭部が床に強《したた》かにぶつかる。そのせいで再び意識を失ったのか、それともトドメを刺されたのか、とにかくサル顔は静かになった。瀬尾は胸を撫で下ろす。

と、三人組の一人、デブの男が、金庫が開いている事に気づいた。瀬尾と坊主頭を押し退け、金庫の中を覗《のぞ》き込む。「全部やられてます」とデブ。

紙袋の重みが、瀬尾の肩に食い込む。

どうやらこの中では一番上らしい眼鏡の男が瀬尾に尋ねた。

「お前がやってないとしたら、これはどういう事や？　なんでお前はここにいる？」

眼鏡の奥の鋭い目が、瀬尾をじっと見据えている。

——ここが勝負の分かれ目だ。

瀬尾は息を吸うと、一気に喋り出した。

「俺は前の道を歩いてただけです。そしたら、ここから男の人らの怒鳴り声やら、争う音やらが聞こえて……で、しばらくしたらビルの入口から、目出し帽いうんですか、強盗がよく被ってるヤツ——あれ被った男が物凄い勢いで飛び出してきたんですわ。これは何かあったなと思て来てみたら、案の定、この有り様やったゆう訳です」

一息に喋り、三人組の反応を窺《うかが》う。

三人組は顔を見合わせ、微妙な表情を浮かべている。信じようか信じまいか、迷っている様子だ。もう一息だ。瀬尾は追い討ちをかける。

「とにかく救急車と、それから警察を呼ばないと――」

そう言って携帯電話を出した。

「やめろ」慌てた坊主頭の手が瀬尾を制した。

「でも――」

困惑した表情を装う瀬尾に、眼鏡が面倒臭そうに言う。

「もうええ。後は俺らがやっておくから、あんたはとっとと出てってくれ」

「せやけど――」

ダメ押しとばかりに躊躇いを見せる瀬尾に、痺《しび》れを切らした坊主頭が怒鳴る。

「早よ出てけ言うとるやろ」

笑い出しそうになるのを必死に堪《こら》えながら、瀬尾は出口へと向かった。ヤクザは警察が介入するのを嫌がる。『盗っても表に出ない金』というのは本当だった――瀬尾は今、完全犯罪をやり遂げようとしているのだ。

「待て」

あと少しで出口という時、眼鏡の声がかかった。

瀬尾の足が止まる。バレたか？　冷たい汗が背中を伝う。

「あんたが見たいうその男、どっちへ逃げてった？」

瀬尾は安堵した。何だ、そんな事か――。

瀬尾は三人組が帰って来た方とは逆の方角を指差した。

雄叫《おたけ》びとも罵声《ばせい》ともつかない声を上げながら、坊主頭とデブが瀬尾を突き飛ばし、事務所から飛び出していく。本当は存在すらしない犯人を追って。

完璧だ。俺はやり遂げたんだ。

瀬尾は事務所のドアを――今よりもマシな人生への扉を――開けようとした。

その時。

何かが破れる音と、何かが落ちる大きな音がした。

今度は瀬尾にも何が起きたか一瞬で分かった。肩が軽くなったからだ。

札束と金塊の重みに耐え切れなくなった紙袋が破れ、底が抜けた。そこから札束と金塊が派手な音を立てて零《こぼ》れ落ちたのだ。まさに摑みかけていた幸福が、掌《てのひら》から零れ落ちていくように――。

2　最悪より上の「最悪」

瀬尾は黒のワンボックスに乗せられ、山の中へと向かっていた。悪路で車が軋《きし》んだ音を立てて揺れる度、殴られた傷がひどく痛んだ。

ミナミの事務所では散々どつかれ、問い詰められた。瀬尾のバックに何か大きな組織がいないか確認したのだ。瀬尾が全くの単独犯だという事が分かると、車に乗せられ、移動させられた。大阪市内で黒のワンボックスに乗り換えさせられ、今に至るという訳だ。

黒いスモークがかかった窓の外には、重苦しく覆いかぶさるように木々が見える。

山奥だ。それも、かなり深い。

大阪だと思うが、もしかしたら京都か兵庫辺りかもしれない。殺される――その不安と緊張に呑まれ、車がどこをどう走って来たのか全く覚えていなかった。

瀬尾は、隣の裕次郎を見た。大きな瞳が潤んでいる。普段なら寝ている時間だ。

裕次郎も瀬尾と共に捕まっていた。さすがに瀬尾のように殴られたりする事はなかったが、どうやら瀬尾と同じ運命を辿らされる事になりそうだ。おそらく裕次郎もそれを悟っているはずだ。しかし、泣いたりぐずったりはしない。ただ、静かに瀬尾の隣にいる。それが瀬尾には応える。

ワンボックスには、瀬尾と裕次郎の他に、六人のヤクザが乗っていた。運転席と助手席に一人ずつ、瀬尾と裕次郎を両脇から挟むように二人、後部座席に二人。ミナミの事務所からは眼鏡と坊主頭が来ていた。しかし、この中では彼らの地位もそれほど高くないようだ。

明らかに最も立場が上で、最もヤバそうなのは、後部座席に座っている「アニキ」と呼ばれている男だ。身長は百九十くらい。上下の黒いジャージ。声からすると三十代半ばか。暗くて顔はよく分からない。予定外の深夜のドライブに明らかに不機嫌になっている様子。ほとんど口を開かない。皆がアニキを怒らせないよう、一様に緊張しているのが分かる。車内は重苦しい沈黙に包まれている。

車はどんどんひどくなっていく悪路をしばらく進み、そして停まった。

「降りろ」

眼鏡に命じられ、瀬尾は車を降りた。

「歩け」森の中へと歩かされる。

裕次郎は小柄な体を坊主頭の腕に抱えられている。

見張り役の運転手を残し、アニキを含めた他の全員が森の中へと歩き始めた。

途中からアニキと合流してきた男たちの手には、シャベルや手斧がある。シャベルは瀬尾と裕次郎を埋める穴を掘るための物だろう。手斧は——瀬尾はその使い道について考えるのを止めた。

男たちは瀬尾の前後左右を囲みながら、道なき道を進んでいく。おそらくこういう事を何度も重ねているのだろう。皆、慣れた足取りだ。対して瀬尾は暗い足元に何度も躓《つまず》き、ぬかるみに足を取られた。その度にどつかれ、足蹴《あしげ》にされた。歩けば歩くほど体力を奪われ、足が重くなる。隙を見つけて逃走する事が不可能であると痛感させられる。

だが、その間も瀬尾は考え続けていた。この窮地を脱する方法を。最悪、自分の命はともかく、裕次郎だけでも救わなければ。

しかし、瀬尾が結局何の解決策も見出せないまま、男たちの足が止まった。

瀬尾はシャベルを渡され、

「掘れ」——ただ一言、命じられた。

瀬尾は掘った。自分の死体が埋められる事になるだろう穴を。土壌はぬかるんでいて比較的掘りやすかったものの、足元の土を削っていく度に自分の命も削れていくようで、瀬尾の作業は難航した。

シャベルを土の中に差し入れては、土を掬《すく》い上げ、その土を傍《かたわ》らに放っていく——その単純作業を繰り返している間も、瀬尾はずっと考え続けていた。何かあるはずだ。裕次郎だけでも助ける方法が。時間を稼ぐためにわざと掘る速度を落としたりもしたが、それは眼鏡に見抜かれ、どやされた。

手にマメができ、そのマメから血が滲《にじ》み始めた頃、ようやくちょうど良いサイズの穴ができた。できてしまった。

「もうええやろ」——瀬尾はシャベルを取り上げられた。

——マズい。

瀬尾は焦った。まだ何も思いついていない。

裕次郎を見る。坊主頭に捕らえられながら、瀬尾の方を見ている。恐怖のため、声は出ないのだろう。しかし、そのつぶらな瞳が瀬尾に助けを求めているのは明らかだ。

眼鏡が手斧を握った。自分の所を荒らした不届き者は、自分の手で始末をつける。そういう事らしい。遂に「その時」が来たのだ。

眼鏡が瀬尾へと歩き出す。

察した裕次郎の目に怯《おび》えの色が浮かぶ。

「待って下さい」

気づいたら声が出ていた。久しぶりに声を出したせいか、それとも死への不安と恐怖に上擦《うわず》っているせいか、自分の声には思えない。

「裕次郎は関係ないんです。裕次郎だけでも助けてもらえませんか」

皆がアニキの方を見る。どうやら全ての決定権はアニキが握っているようだ。瀬尾はアニキに向かって改めて懇願《こんがん》し、頭を下げた。

「お願いします」

が、それは逆効果だったようだ。

アニキは瀬尾を殺すよりも、もっと残酷な事を眼鏡に命じた。

「そいつを先にやれ」

アニキの視線の先には、裕次郎がいた。瀬尾より先に、瀬尾の目の前で裕次郎を殺そうというのだ。

瀬尾は思わず膝《ひざ》をついた。最悪だ。

手斧を持った眼鏡が、裕次郎へと目を向ける。

遠目からも、裕次郎が震えているのが分かった。

「マジで殺《や》るんすか？」

意外に人情派なのか、それともずっと傍にいる内に情が移ったのか、坊主頭が思わず口走った。

アニキが坊主頭を睨む。凄まじい殺気。暗い中でも、坊主頭の顔からサッと血の気が引くのが分かった。同じヤクザでも、アニキはモノが違う。

眼鏡が坊主頭を平手で殴り、アニキに頭を下げた。

瀬尾は頭をフル回転させる。

考えろ。

唇から血を流した坊主頭が、裕次郎の体を押さえる。

考えろ、考えろ。

眼鏡が手斧を握り直し、狙いをつける。

考えろ、考えろ、考えろ。

「殺れ」アニキが命じた。

考えろ、考えろ、考えろ、考えろ――。

眼鏡が手斧を振りかぶり、裕次郎の体に向かって振り下ろそうとした。

その時。

「せ、せや！」瀬尾は叫んだ。

眼鏡の手斧が止まった。

間髪入れずに瀬尾は続ける。

「か、か、か、金――大金のアテがあるんです」

皆が一斉にアニキを見た。

「言ってみろ」アニキは言った。

「その代わり、ハッタリやったら承知せんからな」

「あ、あるヤクザが組にも内緒でアロワナの密輸をやってるんです。インドネシアで三百円で買うた稚魚を上海経由で」

アロワナ——大きなものは一メートルにも達する古代魚だ。愛好家たちの間では高い人気を誇っている。中でも、絶滅危惧種に指定されているアジアアロワナ——特に紅い鱗《うろこ》を持つ紅龍と呼ばれる変異種の天然物は、一匹数百万で取引されている。高く売るために鱗に紅い色の刺青《いれずみ》を入れる事もあるらしい。

それを密輸し、売り捌《さば》いて稼ぎまくっているヤクザがいる——らしいのだ。

「紅龍の天然物？」ヤクザたちの間で失笑が漏れる。

「ありえへん。絶滅危惧種やぞ？　空港の税関で止められるやろ」

「持ち込むのは稚魚です」

「稚魚でもバレるやろ」

「そやから、そのヤクザは、見つからずに税関を通る方法を発明したんです」

「……どういう事や」

食いついてきた。いいぞ。瀬尾は一気にアクセルを踏み込む。

「ええですか？　まずビニル袋を長い筒状にして、そこに水を入れます。即席の細長い水槽ですわ。その水槽に稚魚をたくさん入れて体に巻き付けるんです。上から釣り用のベストでも着てしまえば、完全に隠れます。何も分かりません。これで税関をパスするんです。もちろん何匹かは死にますが、一匹数百万ですからね。たぶんもう、億単位の金が動いてるはずです」

瀬尾の詳細な説明がヤクザたちの心を捉えたらしい。男たちの顔が商売人のそれに変わるのが分かった。

暴力団排除条例――いわゆる暴排条例が制定されて以来、ただでさえ厳しかったヤクザのシノギはますます厳しくなっている。いかにして金を稼ぐかは、ヤクザにとって切実な問題なのだ。最近では、何か失敗した時には、「お前の指なんか一銭にもならんから、金を出せ」と迫られるらしい。

「確かに嘘とは思えへんな」とアニキ。

「そやけど、何でお前がそんな事知ってる？」

「友達に聞いたんです。そいつも、そのヤクザに命じられて密輸をやらされてたんです。実行犯いうヤツですわ」

バイトを次々クビになる事で得られるものもある。新しい職場に行く度に、色々な友達や知り合いが増える事だ。その瀬尾のツイてなさがここでは役に立った。もっとも、ツイていないからこそ、こんな窮地に追い込まれているとも言えるのだが。

「そのアロワナを盗み出して金に換えてみせます」

「勝算はあるんか」

「もちろんです」――嘘だ。それでも畳みかける。

「紙袋の底さえ抜けへんかったら、おたくの金庫からも盗めたはずです」

「何やと?」

殺気立つ眼鏡を、アニキが一睨みで抑えた。

「それで、そのヤクザはどこの誰なんや?」

「確か……仁星会の、加藤? いや――」

「……加納か?」

「そうです! 仁星会の加納」

加納の名前が出た途端、ヤクザたちの空気が変わった。

アニキでさえ狼狽《ろうばい》を隠し切れていない。

「……そんなにヤバい奴なんですか」

「奴は人間やない。悪魔や」

吐き捨てるようにアニキが言った。手斧でいたいけな裕次郎を殺そうとしていた男が何を言う、とも思うが、そのアニキにここまで言わしめる「加納」という男の危険さが窺える。

瀬尾は不安になってきた。加納とアロワナの件を思い出したのは、希望へと導く奇跡のファインプレイだったのか？　それとも、さらなる修羅場へと導く痛恨のエラーだったのか？

相手が加納だと知り、アニキが躊躇い始めた。顎《あご》に手を当て、考え込んでいる。

——マズい。

たとえ加納がどんなに怖ろしい男だったとしても、とにかく今は生きる事への、裕次郎を生かす事への望みを繋がなければ。

瀬尾は緩めたアクセルをもう一度踏み直す。

「たとえ俺が失敗しても、皆さんに足がつく事はないんですよ。そもそも俺と皆さんは何の関係もないんやから。リスクを背負うのは俺だけ。皆さんにとってはノーリスク、ハイリターンです」

皆がアニキを見た。

アニキが値踏みするように瀬尾を見据えた。瀬尾も負けずに見返す。一つため息をついた後、アニキが口を開いた。

「……分かった」

瀬尾はホッと胸を撫で下ろした。どうやら最悪の事態は回避できたようだ。

「二日だけやる」

瀬尾は慌てた。

「二日て……そんな無茶な……」

「なら、契約は不成立や」

「せめて三日ください。絶対に足のつかない売り手も知っているんです」

アニキがしばらく考えてから、口を開く。

「いいだろう。その代わり、その裕次郎とかいうんは預からせてもらうからな。三日後に金を用意できなければ、まず裕次郎を殺す。次にお前や。逃げてもサツに駆け込んでも同じ事やから。分かったな？　三日やぞ」

アニキに言われ、瀬尾は改めて悟った。最悪の事態は回避できたわけではない。ただ先延ばしになっただけだ。

そして瀬尾はこの後知る事になる。「最悪」には、より上の「最悪」がある事を――。

3　生きる伝説

翌朝、瀬尾は自分の白いワゴンで能勢の奥地へと向かっていた。ある男に会うためだ。

昨夜のあの後の事は、あまり覚えていない。黒のワンボックスに乗せられ、悪路に揺られて山を下りている間、ずっと瀬尾は考えを巡らせていたからだ。

これからどうすればいいいか――。

あのアニキをも震え上がらせる仁星会の加納から、瀬尾がアロワナを盗み出すなど不可能だ。瀬尾一人ならば。

その時、瀬尾の脳裏にある男の名が浮かんだ。

その道にはその道のエキスパートというものがいる。その男は間違いなく、その道の第一人者のはずだ。

男の名は、男鹿《おが》。

「生きる伝説」と呼ばれるペット探偵だ。

瀬尾は今、男鹿に会うため、能勢の奥地へと向かっている。

能勢は、大阪の最北端に位置している。「大阪の北海道」、あるいは「大阪のチベット」と言われるだけあって、山林が多く、夏でも涼しい。同じ大阪でも、キタやミナミの熱気のこもった喧騒《けんそう》とは全く違う。まるで別の国にいるかのような錯覚を覚える。その肌寒さと寂しい風景に、瀬尾はだんだん心細くなってくる。

そんな瀬尾の心の隙間に、悪魔のような考えが入り込んで来た。

──いっその事、このまま逃げてしまおうか。

幸い瀬尾に見張りはついていない。ただ、裕次郎の命を担保に取られているだけ。裕次郎さえ見捨ててしまえば、瀬尾は逃げられるのだ。

──そうだ。このまま知らない土地に逃げて、新しい生活を始めればいい。

が、その時、瀬尾の脳裏に蘇って来る。

ミナミの事務所で別れた裕次郎の姿だ。

この世界にたった一人取り残されてしまったかのような、心細い表情。それでも泣き喚《わめ》いたり、駄々を捏《こ》ねたりするでもなく、じっと静かに瀬尾を見つめていた。涙を溜めたその大きな瞳を思い出し、瀬尾は慌てて邪念を捨てた。アクセルを踏む足に力を込め直す。

「アカン。俺は何て事を考えたんや」

弱気になっている場合じゃない。裕次郎を救えるのは瀬尾だけなのだ。

男鹿の事へと意識を戻す。

瀬尾は一度も男鹿に会った事がない。ただ、噂だけはいくつか聞いた事があった。

その噂は、たとえばこんなものだ。

奈良のある大富豪が私設動物園を作り、そこで体長三メートルを超えるベンガルトラを飼育していた。もちろん極秘でだ。ある日、そのトラが飼育係を襲い、脱走した。もちろん警察には通報できない。

そこで白羽の矢が立ったのが男鹿だった。

結論から言えば、男鹿は見事にそのトラを連れ戻した。しかし、ただ連れ戻したというだけでは「伝説」にはならない。なんと、男鹿はたった一人で、猟銃や麻酔銃はもちろん、道具を一切使わずにトラを連れ戻したというのだ。朝靄の中、巨大なトラを従えて一人山を下りて来た男鹿の姿は、まるで中国の古い伝説に出てくる仙人のようだった……らしい。

その一件で男鹿は会社員の年収ほどの報酬を得たとも言われている。

また、別の噂はこうだ。

ある夜の事。ヤクザの親分が些細《ささい》な事で激昂《げっこう》し、夏祭りで孫に買ってやった金魚を道頓堀川に捨ててしまった。その金魚をことのほか可愛がっていた孫は泣きに泣いた。困り果てた親分は、大勢の子分たちに命じて道頓堀川を捜させた。

だが、あの汚れ切ったドブ川からたった一匹の金魚を捜し出すなど、サハラ砂漠から一匹の小さなトカゲを捜し出すようなものだ。見つかるはずがない。似たような別の金魚を買ってきて「見つかった」と誤魔化そうとしたが、孫は「これじゃない」と、ますます泣くばかり。どうやら孫にしか分からない金魚の特徴があるようだ。

そこで親分が呼び寄せたのが男鹿だった。

事情を聴いた男鹿は颯爽《さっそう》と道頓堀川に飛び込むと、大勢の子分たちがいくら捜しても見つけられなかったその金魚を、あっという間に見つけ出してしまったのだ。その金魚が本物だったのか、それとも何かのトリックによって本物に見せかけた贋物だったのかは分からない。ただ、金魚を見たその孫は、間違いなく本物だと言い切ったらしい。その一件で、男鹿は高級車一台分の報酬を得たという。

とにかく、狙ったペットは、たとえどんな危険な動物でも、どんな悪条件でも、必ず見つけ出し、捕獲する——それが男鹿という男のようだ。

しかし、瀬尾が男鹿に頼ろうと決めた決定的な理由は、そこではない。

男鹿に関するこんな噂を思い出したからだった。

大阪のある町に、一人の少女がいた。体は弱かったが、心優しく、動物が好きだった。少女は捨てられた子犬を拾い、大切に飼っていた。家庭に居場所が無く、友達もほとんどいない少女にとって、その子犬は唯一の友達であり、家族だった。

だが、ある日、些細な事から同じクラスのいじめっ子に目をつけられてしまう。いじめっ子は少女から犬を取り上げると、我が物にしてしまった。いじめっ子の父親は性質《たち》の悪いヤクザだった。少女の両親は再婚同士で、この少女は母親の連れ子だったらしい。継父は働きもせずに酒ばかりを呑むどうしようもない男だったようで、少女の訴えなど、取り合ってくれない。仕方なく、いじめっ子の家まで少女は出向いたが、ヤクザの父親は少女相手に「殺すぞ」と脅しをかけてきた。しかも、彼らはその子犬を虐待しているようだ。このままでは子犬は殺されてしまう。少女は一人で警察にも行ったが、元々が捨て犬だし、「たかが犬の事」と本気で取り合ってくれない。泣き寝入りするしかないのか……。

どんな経緯かわからない。だが、困り果てた少女はある日、男鹿と出会った。

しかし最初、男鹿は乗り気ではなかったという。男鹿は高額の仕事しか引き受けないのだ。大金どころか、報酬として払えるほどのお金を少女が持っているわけがなかった。

しかし、その子犬が虐待されている事を聞いた瞬間、男鹿の目の色が変わった。

その夜、ヤクザの家で何が起きたのか、それは誰にも分からない。

ただ分かっている事は、男鹿が無事に子犬を取り戻してきた事、そして、そのヤクザの一家が、その夜を境に全員行方不明になったという事だ。

そのヤクザが所属していた組も警察も、一家の行方を懸命に捜したらしいが、結局、未だに見つかっていない。対抗する組に消されたのか、何らかの理由で夜逃げしたのか、それとも――。

このヤクザ一家失踪《しっそう》事件は、少し話題になったから、瀬尾も覚えていた。つまり、この件に関して言えば、ただの噂ではなく、厳然たる事実なのだ。もっとも、男鹿へと捜査の手が及ぶ事はなかったらしく、男鹿が本当に関与していたのかは定かではないのだが……。

それでも瀬尾は確信していた。男鹿が子犬を救い出すため、そのヤクザ一家を消したのだ、と。それが、男鹿に頼ろうと決断した決め手となった。男鹿なら、加納とも互角、いや、それ以上に渡り合えるかもしれない。そう思ったのだ。

だが、男鹿への期待が膨らむと共に、不安も膨れ上がっていった。

そんな危険極まりない男を、瀬尾は味方にする事ができるのか？

涼しいにもかかわらず、ハンドルを握る瀬尾の手が汗ばんできた。

車の窓から見える景色が寂しさを増し、すれ違う車や人通りも途絶えてくる。男鹿の暮らす一軒家があるのは、能勢の中でも最北端に位置する山の中なのだ。入って来る者を拒むように道は狭くなり、生い茂る木々が瀬尾の車の上に影を落としている。

瀬尾は車を停め、男鹿の家に電話をかけた。今朝から三度目だ。しかし、やはり留守番電話だった。既に言い慣れた依頼の言葉を吹き込む。若干不安はあるものの、想定の範囲内だ。ペット探偵というものは、一日のほとんどを外で動物を捜して過ごすらしい。今日中に男鹿を捕まえられれば、何とかなる。

瀬尾は再び車を走らせながら、まだ見ぬ男鹿の姿を想像していた。剛毛に覆われた熊のような巨体、丸太のような太くて逞《たくま》しい腕、そして人を射殺するような、獣のように鋭い目――それじゃあ、まるで山賊だと思いながらも、その人物像が特段外れているとも思えなかった。

いよいよ男鹿の家が近づいてきたその時。

遠くに、こちらへ向かって走って来る何かが見えた。自転車だ。乗っているのは少女のようだ。中学生か高校生だろう、セーラー服にスカート。

妙だな、と瀬尾は思った。この先には学校はおろか、民家さえほとんどない。あるとしたら男鹿の家だけだ――。

気になった瀬尾はスピードを緩め、車の窓から顔を出した。笑顔で少女に会釈する。瀬尾に反応し、少女もスピードを緩める。ただし、顔には警戒の色が浮かんでいる。当然だ。人気《ひとけ》のない道で、車に乗った見知らぬ男に微笑みかけられたら、誰でもこうなる。

「すみません。もしかして男鹿さんの所の？」

警戒心を解くため、瀬尾はできるだけ優しく話しかけた。

少女は首を振る。二重瞼《ふたえまぶた》の大きな目に長い黒髪。まだ中学生だろうか。あどけなさの残る、可愛らしい顔立ちをしている。

「ううん。男鹿っちに娘はおらんよ」

『男鹿っち』と来た。どうやら山賊のような男鹿の人物像は、いくらか変更が必要なのかもしれない。

「さっきまで男鹿っちの家にはおったけどね」と少女。

「やっぱり」

「ていうか、あんた誰？」

「男鹿さんに仕事の依頼に来た者なんやけど。瀬尾いいます」

「ああ、ペットを捜して貰いに？」

「まあ、そんなとこ。君は？」

「うちは、白石みなみ——そやなあ、男鹿っちの親友みたいなもんかな」

その言葉を信じていいかは分からなかったが、このみなみという少女と男鹿が親しい事は確かなようだ。念のため、みなみに、男鹿の情報を前もって聞いておいた方がいいかもしれない。

「男鹿さんてどんな人なんやろ？」

「どんな人いうてもなあ……」

「色々あるやろ。怖いとか優しいとか」

「うちには優しいで。あと、動物にも」

「そうなんや」

「うちは見た事ないもん。あんな優しい人。草食系やしな」

「草食系……」

瀬尾は、男鹿の人物像を大幅に書き換える。山賊などではない。気は優しくて力持ち。『森のくまさん』のような人物だ。希望が出て来た。これなら瀬尾の方が上手く主導権を握れるかもしれない。

「家族は居てるんか？」

「おるかもしれんけど、分からへん。今は一人で暮らしてる」

「男鹿さん、今、家に居てる？」

「おるけど、今は止めといた方がえぇと思うよ」

「え、なんで？」

「うーん」と首を傾げながら、少女は「行けば分かるよ」と、身も蓋もない事を言う。

……結局、行かなければ始まらない、という事らしい。

礼を言い、みなみと別れた瀬尾は、男鹿の家に向かってアクセルを踏んだ。みなみから聞いた情報によって、瀬尾の男鹿に対する恐怖や危機感は、だいぶ薄らいでいた。むしろ、そんな心優しい人物が、加納と互角以上に渡り合えるのか、そっちの方が心配になったくらいだ。

だが、次の瞬間、瀬尾のそんな心配は跡形もなく吹っ飛んでいた。

男鹿の家のある方から、つんざくような女の悲鳴が聞こえて来たのだ。
瀬尾の本能が告げていた。
これはヤバいぞ、と。
しかし、瀬尾は行くしかなかった。
そして遂に、男鹿の家が見えて来た――。

4　ペット連続不審死事件

男鹿の家は、林の中にある一軒家だった。周りに他の家はない。ただ鬱蒼《うっそう》とした木々が生い繁っているだけだ。

少し薄汚れてはいるが、白い壁に、黒に近いグレーの屋根。二階はない。平屋だ。一見すると、何の変哲もない普通の一軒家に見える。しかし、瀬尾はその家の発する異様な空気を既に感じ取っていた。

家屋の前には、ちょうど家屋と同じくらいの広さの庭がある。茶色い地面が剝き出しになっているその庭に、今は古いジープと、おそらく新車であろう真新しい黒のメルセデス・ベンツが停まっていた。ギラギラと黒光りするメルセデス・ベンツだけが、明らかにこの家にそぐわない異物感を醸し出している。おそらくこの車は、瀬尾と同様、男鹿の家を訪ねて来た者の所有物であると思われる。先程みなみは、今行くのは止めておいた方がいい、理由は行けば分かると言っていた。このベンツの所有者がその理由だろうか。

瀬尾はベンツの隣に白いワゴンを停めた。エンジンを切り、車を降りる。

その時、またしても悲鳴が聞こえた。さっきと同じ女のものだ。

瀬尾の全身に緊張が走る。

続いてドスの利いた男の怒鳴り声が聞こえてきた。

「貴様、いてまうぞコラ！　俺のバックにはヤクザもおるんやぞ！」

が、その男の声は数秒後、情けない悲鳴に変わった。

「やめてくれ、堪忍してくれっ」

逃げ出す男の足音。

「待って、あなたっ」

女の声と足音もそれに続く。

瀬尾は咄嗟《とっさ》にワゴンの陰に隠れ、様子を見守った。

間もなく中年の男女が玄関から飛び出してきた。ブランド物のスーツを着た細い吊り目の男は、どこかで見た顔だ。瀬尾はふと思い出す。ここに来る途中、ポスターが貼ってあった。確か市議会議員の男だ。スーツの襟にこれ見よがしに付けられたバッジ——おそらく議員バッジというヤツだろう——が、それを裏付けていた。女はおそらく議員の妻だろう。こちらも塗りたくった厚化粧の顔に似合わない高級ブランドで全身を固め、高いヒールでバタバタ足を動かし、走ってくる。

「あれは悪魔や」

「殺されるっ」

議員とその妻は我先にとベンツに乗り込むと、猛スピードで走り去って行った。

遠ざかっていくベンツを見送り、瀬尾は男鹿の家へと目を向けた。

もう悪い予感しかしない。屋根の上に広がる灰色の雲が、さらに厚くなった気がした。


瀬尾は玄関の前に立った。呼び鈴やブザーのような物はない。どうやら来客は基本的に歓迎されないようだ。

深呼吸を一度。ドアをノックする。

「すみません、先程お電話した瀬尾ですが」

返事はない。もう一度声をかけるも、結果は同じだった。

瀬尾は躊躇いながらもドアを開ける。ドアはややガタつきながらも、開いた。

薄暗い玄関だ。そこにスニーカーが一足。男鹿の物だろう。かなり大きい。その玄関に一歩足を踏み入れた。

「すみません、瀬尾ですが」

答えはない。

声量を上げ、もう一度。

「すみません、瀬尾ですが」

やはり、答えはない。

瀬尾は家の中を覗き込んだ。左手に廊下が伸びている。その先はカーテンが閉められているため、陽の光が届かず、闇に包まれている。

その闇の奥から声がした。

「入れ」

低く、落ち着いているが、有無を言わせない声。瀬尾は靴を脱ぎ、廊下を闇の方へと足を進めた。冷たい感触が靴下を通して足に伝わって来る。

リビングだろうか、右手に部屋が見えた。

そこに「生きる伝説」はいた。

——背が高い。

それが初めに感じた印象だ。百八十五センチ以上はあるだろうか。痩身を、白いラインが三本入った黒いジャージに包んでいる。レースのカーテン越しに逆光が射し込み、顔は影になっていてよく見えない。

「すみません。突然押しかけてしまって」

「——うん」

何の「うん」なのか。怒っているのか、それとも単に無口なだけなのか。顔が見えないのもあってよく分からない。

「はじめまして。瀬尾いいます」

「ああ、留守電の」

「そうです」

「……男鹿だ」

顔の角度が変わり、男鹿の顔が見えた。猛禽類を思わせる切れ長の鋭い目。強い癖毛らしく、肩まで伸びた髪には強烈なウエーブがかかっている。そして日に灼《や》けた浅黒い肌。だが、爽やかだとか健康的だとかいった印象は全く無い。「ドス黒い」という表現が相応しい、どこか病的な黒さだ。

「お邪魔やなかったですか」

「あ?」

「お客さんが居てたんやないですか」

「?」

「さっきのベンツの市議会議員――」

「ああ」と男鹿は鼻で笑った。

「奴らの依頼は断った。せやから客やない」

――なるほど。依頼を断られて逆上した議員が『俺のバックにはヤクザもおるんやぞ!』

と男鹿を脅した所、先程のような事になったワケか。待てよ、という事は——。

「依頼は断る事もあるんですか」

「動物を大事にできへん連中の依頼は断る。せっかく地獄から脱け出して来たのに、それをまた地獄に引きずり戻すようなもんやからな」

苦虫を噛み潰したような顔で男鹿が吐き捨てた。瀬尾はゴクリと唾を呑み込んだ。

——そうか。やはり断られる事もあるのか。

「それで？」と男鹿。

「は？」

「頼みに来たんやろ、仕事」

男鹿は鋭い目で瀬尾を観察している。見定めるような目に見据えられ、瀬尾の手には汗がじっとりと滲んで来た。

——落ち着け。ここでミスしたら全てが終わってしまう。裕次郎の命がこの男に懸かっているのだ。

そう言い聞かせ、瀬尾は口を開いた。

「ええ、仕事の依頼に来ました」

「何や、言うてみい」

再び口を開こうとした時、瀬尾は初めて気づいた。部屋の隅の暗闇に何かいるのだ。

と、闇が動いた。

——狼。

かと思った。歩き方が飼い犬のそれとは明らかに異質だったのだ。白と灰色の混ざった体。獲物を値踏みするように瀬尾を見る、犬にしては鋭過ぎる目。中型犬と小型犬の中間ぐらいだろうか、しかし犬種は分からない。

「ああ、そいつは気にせんでええ」

——いや、気になるんですけど。

「一緒に暮らしてる奴や」

——『飼ってる犬』とは言わないんだな。

ふと、そう思った。

幸い、その同居者はいきなり瀬尾に襲いかかる事はなかった。瀬尾の目の前を悠然と横切り、部屋の反対側に移動しただけだ。が、相変わらず〝彼〟の視線は瀬尾の背中に貼りついている。挟み撃ちにされている気分だ。

——落ち着け。ここが勝負所やぞ。

瀬尾は話し始めた。

「実はですね、俺、ある知り合いの大金持ちに留守番を頼まれてたんです。彼が海外旅行に行ってる間、飼ってる熱帯魚の世話してくれって。簡単な仕事のはずでした。決められた時間に決められた量の餌をやり、後はひたすらその豪邸で暇を潰してればええんです。それで結構な金が貰える」

よく練っておいた甲斐もあり、スラスラ嘘が出て来た。男鹿の反応を窺う。目で続きを促している。とりあえずは信じて貰えたのか。とにかく続ける。

「ところが、問題が起きた。その熱帯魚を盗られてもうたんです」

「——盗られた」

「犯人は分かってます。仁星会の加納いう男です」

「ヤクザか」

——どうやら加納の事は知らないようだ。

「はい」

「ほな警察に行けばええやろ。俺の仕事やない」

男鹿が背を向けた。大丈夫。織り込み済みだ。

「それはアカンのです。その熱帯魚は、その——」

「……密輸モンか」

「……はい。紅龍いうアロワナです」

——と、男鹿が鋭い目を向けて来た。怒気を孕《はら》んだ目。

瀬尾は何か言葉を続けようとするが、蛇に睨まれた蛙のように舌の根が動かない。

嘘がバレたのか？　それとも、何か気に障《さわ》ったのか？

「気に入らへんな」と男鹿。

「な、何がですか？」

しかし、男鹿がその質問に答える事はなかった。ただ一言、言った。

「消えろ」

「困ります。金なら、その金持ちがきちんと払う言うてます」

「金の問題やない」

「ほな何なんですか。ヤクザが怖いんですか」

男鹿が止まり、じっと瀬尾の目を見た。

「ま、そんなトコや」

——嘘だ。瀬尾には分かった。

「そこを何とか、お願いします」

床に手をつき、額《ひたい》を擦りつけた。土下座だ。そのツキのなさ故に謝る機会には事欠かなかった瀬尾だ。その土下座にも年季が入っている。ちょっと惚れ惚れしてしまうような、美しい土下座だ。

しかし、そんな瀬尾の土下座も男鹿の心には届かなかったようだ。

「早よ消えろ」とだけ言い、男鹿は部屋の中の植物に水をやり始めた。どうやら瀬尾への興味を完全に失ってしまったらしい。

――しまった。

瀬尾は後悔した。男鹿への攻め方を完全に誤ってしまったのだ。

噂話から明らかだったはずだ。男鹿が最も価値を置くもの。それは金でもなければ、もちろん人でもない。動物なのだ。そんな男鹿にとって、金で動物を取り引きするような、ましてや密輸してまで所有するような人間は最も忌むべき人種。そんな人間のために男鹿が動くはずがない。

――やってしまった。完全なる失敗だ。

「……お邪魔しました」

諦めて帰ろうとした時、ふと瀬尾の目に飛び込んで来た物があった。

新聞だ。地方紙。その三面に載った小さな記事。

――『ペット連続不審死　同一犯か？』

その事件の事は瀬尾も知っていた。能勢などの大阪北部で、犬や猫などペットが次々と何者かに殺されている。確かそんな事件だったはずだ。新聞なので『不審死』という表現が使われているが、実際は『惨殺』『虐殺』といった表現が相応しい、かなりエグい殺され方をしているという。バラバラだったり、焼かれていたり、体の一部しか発見されなかったり――とにかく原型を留めずに発見されている死体がほとんどらしい。そういう遺体を処分する仕事をしている連中から聞いた話だ。間違いない。

小動物や動物を殺す人間は、徐々に標的を大きくしていき、いずれその標的を人間に移す――そういった「猟奇殺人の前触れ」説から、動物虐待を日常的に行っていたペットショップ業者が始末に困って遺棄《いき》した――という「ペット業界の闇」説まで、様々な噂が飛び交い、巷《ちまた》ではちょっとした話題になっていた。失踪するペットも多いというから、死体が見つかっていないだけで、実際に犠牲になったペットたちが実はもっとたくさんいるのではないか？　そんな話もあった。確か犯人はまだ捕まっていなかったはずだ……。

瀬尾は新聞の日付を見た。五日前。動物を偏愛している男鹿の事だ。他の日の新聞が一切ない所を見ても、男鹿がその事件を気に留めている事は明らかだ。

その時、瀬尾は閃《ひらめ》いた。男鹿の心を摑む方法を。

考えている暇はない。どうせ駄目で元々だ。気づくと瀬尾は喋り始めていた。

「――すみません。嘘つきました」

男鹿は反応せず、植物に水をやり続けている。瀬尾は構わず続けた。

「金を払えんと動いて貰えない思うて、あんな下手な嘘を。ほんますみませんでした。堪忍して下さい」

男鹿は反応なし。背を向けたままだ。

瀬尾は一呼吸置き、そして言った。

「実は俺、ペットを殺しまくってる犯人、知ってるんです」

男鹿の動きが止まった。思った通りだ。反応アリ。瀬尾は畳みかける。

「実は俺も愛犬を殺された被害者の一人なんです。俺、見たんです。犯人たちがウチの犬を連れ去っていく所を」

「――待て」男鹿が食いついてきた。

「どういう事や？『犯人たち』って。犯人は複数なんか」

明らかに今までとは男鹿の様子が違う。あるいは、この男もペットを殺された被害者なのかもしれない。手応えを感じながら瀬尾は続けた。

「俺も仕事帰りにすれ違っただけなんで、犯人たちの顔を全部見た訳やありません。でも、連中がどこのモンかは分かります。前に呑み屋で働いてた時、そいつらが毎月みかじめ料取りに来てましたから」

「――それが加納のとこのモン。そういう事か」

「そうです」

「けど、なんでヤクザが犬や猫なんか……子犬や子猫ならまだしも、大きなったペット盗んだ所で金になんかならへんやろ」

「……おそらく餌にするためやと思います」

「餌？」

「せやから、盗んで来たペットたちを、アロワナの——紅龍の餌にするんです」

ただでさえドス黒い男鹿の顔色がさらにドス黒くなった。

「どういう事や？」声音も低くなった。いいぞ。もっと怒れ。

「アロワナは成長すれば一メートル近くにまでなるデカい魚です。それを大量に飼育するとなると、餌代もバカにならない。加納はドケチで有名な経済ヤクザです。思いついてしまったんやと思います。タダで餌を調達する方法を」

当然、嘘だ。しかし言いながら、瀬尾は自分の嘘の怖ろしさに震えた。その震えが瀬尾の話に一段とリアリティをもたらしていた。

「なるほど……せやから、発見された遺体はどれも原型を留めてなかったんか」

男鹿が静かに言った。その端々に怒りが満ち満ちている。

「……警察には言うたんか？」

「もちろん言いましたよ。当たり前やないですか。でも俺、見るからにアホやし、つまらん前科もあるし……そん時は夜遅くて暗かったからよう見えんかったはずやとか、そんな不確かな情報だけじゃ動けん、そう言われて……」

「…………」

「これが人殺しとかやったら全然別なんでしょうけどね。殺されたのが犬や猫やと、タダの器物損壊ですから。警察も何やあんまりやる気ないみたいで……」

ここで瀬尾は満を持して、男鹿に刺さるだろう一言を呟いた。

「なんでこうも違うんですかね、おんなじ命やのに」

刺さったのが分かった。

「……それで、お前の望みは何や？」

「復讐です。加納から紅龍を奪うんです。全部。奴らが俺から大事な犬を奪ったように。そうすれば、これ以上、犬や猫らも犠牲にならずに済む。ウチの犬みたいに悲しい思いをせんで済む」

瀬尾は男鹿の目をじっと見つめた。男鹿も瀬尾の目を見返してくる。全てを見透かすような目、瀬尾を見定めようとしている目だ。その目に怯《ひる》みそうになりながらも何とか堪える。男鹿は目を逸らさず、じっと見つめて来る。

嘘がバレたか？

我慢できずに目を逸らしかけた時、男鹿が言った。

「分かった。引き受けたる」

そう言って、男鹿はどこかに電話をかけた。

5　毒を持った女

　男鹿が電話をかけてから三十分が経つ。その間、男鹿は何もしていない。瀬尾に対し、加納や紅龍の事も何一つ尋ねず、ただじっと椅子に座っているだけだ。突っ込まれたらボロを出してしまうかもしれない。その点では助かったが、かえって不安になってくる。この男鹿という男、本当にちゃんと動いてくれるのだろうか。やはり傍で監視する必要がありそうだ。男鹿は嫌がるだろうが。

　瀬尾は男鹿の方を何となく見ながら、先程男鹿がかけた電話の事を思い出す。電話口から漏れ聞こえて来た相手の声は、若い女のようだった。女が何者かは分からないが、その女を待っているのだろうか。男鹿は瀬尾を追い出そうともしない代わりに、説明もしない。おそらく女について訊いても、まともな答えは期待できないだろう。それが、男鹿という男のようだ。

　その時、庭の方で車の停まる音が聞こえた。待ち人が来たようだ。

危険な毒を持つが故に美しい姿を持つ動物というのがいる。人間をも殺す強烈な毒を持つが故に美しい極彩色の体を持ったヤドクガエルなど、「危険だから近づくな」というメッセージを外見から発している者たちだ。

アザミは、まさにそういう女だった。危険な毒を持ち、そして美しかった。

「毒」と言っても、毒舌とか毒女とか、口の悪さや性格のキツさを比喩的に表したものではない。アザミは文字通り毒を持っていた。強烈なワキガという毒を。

男鹿の家で初めて顔を合わせた時、瀬尾はアザミの美しさと共に、その「毒」に圧倒された。

戸惑う瀬尾が何も喋り出せずにいると、察したらしく、アザミの方から微笑みかけてくれた。

「ビックリしたやろ？　堪忍ね。しばらくすると慣れて来ると思うから」

「だ、大丈夫。嗅覚は五感の中で一番順応しやすい感覚やから。それに俺、ゴミ回収の仕事もしてたから――」

気づくと全くフォローにならないフォローをしていた。

「ご、ごめん。そやなくて――」

「ええんよ、気にせんで。そもそも悪いんは私の方なんやから」

そう言ってアザミは優しく微笑んだ。笑うと両の頬に深い笑窪《えくぼ》ができる。

その笑顔がまた美しくて、瀬尾は匂いとのギャップに一瞬何が何だかわからなくなった。

アザミは「デリヘル嬢をやってる」と自己紹介した。おそらく「アザミ」というのも本名ではない。いわゆる源氏名なのだろう。

「事情は男鹿から聞いた。大変やったね。でも、ここに来たのは正解よ。この人、愛想は無いけど、やる事はちゃんとやる人やから」

肩の所で切り揃えてある艶々の黒髪、十代の少女を思わせる瑞々《みずみず》しく透けるような白い肌、長い睫毛《まつげ》の下にある黒目がちの大きな瞳は一点の濁りもなく、ひたすらに澄んでいる。それでいて少し厚めの唇からは匂い立つような色気が滲み出ている。いかにも水商売という派手な服ではなく、女学生が着るような黒いカットソーのノースリーブのワンピース。そこからは程良く肉感的な形の良い白い四肢が伸びている。人間に嗅覚さえなければ完璧といっていい容姿の持ち主——それがアザミだった。

「コイツが手伝うから」とだけ男鹿は言った。

二人とも自分たちの関係については語ろうとしないものの、男鹿とアザミがただの知り合いというわけでもなければ、娼婦と客という関係でもない事は、そういう事に疎《うと》い瀬尾にも分かった。

早速、男鹿が本題に入る。

「お前の客に加納ンとこの奴がおったやろ」

「うん。でも、もう足洗った言うてたけど」とアザミ。男鹿がアザミを呼んだ理由はそれか。

「そいつ、アロワナの事、何か言うてなかったか」

「アロワナかどうかは分からへん。けど、上の人たちがゴルフ場の池でデカい魚を飼うてるらしいて、そう言うてたよ」

アロワナは熱帯魚だ。通常なら水温の保てる大型の水槽で飼っているはず。池で飼うなどあり得ない。しかし、加納の金への執着・倹約ぶりは度が外れている様子。今の季節のように夏場だけなら、管理費節約のため、アロワナを外の池で放し飼いにしている事も考えられなくはない。脈アリだ。

俺はツイてるのかもしれない——瀬尾は久しぶりに、本当に久しぶりに、そう思った。

海老原カントリー倶楽部は、男鹿の家から南東の方向に約二十キロ程行った林の中にあるゴルフ場だ。そこのオーナーである海老原親子が、どうやら加納と繋がっているらしい。百聞は一見に如かず、だ。男鹿とアザミと瀬尾は、とにかくその海老原カントリー倶楽部へと行ってみる事になった。電話してみると、平日という事もあってか、それとも、それほど繁盛している訳ではないからか、当日の予約でもすんなり入る事ができた。

男鹿の運転するジープで、まずは川西にあるアザミのマンションへと向かう。キャディバッグとゴルフウエアを調達するためだ。なぜかアザミがゴルフ道具一式を持っているのだという。ゴルフ客を装い、海老原カントリー倶楽部に潜入しようという訳だ。

「若い女の子がようゴルフなんてやってたね」と言うと、助手席のアザミは「お客さんから貰うたんよ」とさり気なく答えた。改めてアザミが風俗嬢である事を思い出す。男鹿はアザミが他の男と寝る事をどう思っているのだろうか。後部座席から、運転席でハンドルを握る男鹿のかすかに見える横顔に目を遣《や》る。しかし、男鹿の表情からは何も読み取れなかった。

川西のこじんまりとしたマンションの前でジープは停まった。

「すぐ戻るね」と車を降りたアザミは、小走りに建物の中へと消えていった。

ジープの中には、男鹿と瀬尾、そしてアザミの強烈な残り香だけが残された。

改めてアザミの住むマンションへと目を遣る。小綺麗ではあるものの、地味な印象。普通の女子大生が住んでいそうな所である。家賃がそれほど高いとは思えない。アザミの風俗嬢としての稼ぎはあまり良くないのかもしれない。やはり、あの毒臭のせいか。男鹿はアザミのどこを気に入っているのだろうか。

「……綺麗な人ですね」

瀬尾の言葉だけが空中にポカリと浮かび、消えた。男鹿は何も言わない。

気まずい沈黙が続く。耐え切れなくなった瀬尾が何か言葉を絞り出そうとした時、アザミが建物から出て来た。細い体に大きなキャディバッグを担いでいる。

「お待たせ」

アザミがジープに乗り込むのと同時に、男鹿が再びエンジンをかけた。


ジープは海老原カントリー倶楽部へと向かっている。

「うちらに任せて、瀬尾さんは待ってるだけでええのに」

アザミがそう言うのを、瀬尾は曖昧《あいまい》な笑顔で誤魔化した。

運転席の男鹿は無表情に車を走らせている。何をしでかすか分からない不気味さだ。そんな男に任せっ切りにするなんて危険な事できるはずがない。

そんな瀬尾の緊張感を知ってか知らずか、アザミは他愛のない会話を積み重ねて、場を和ませた。職業柄そういう事には長《た》けているのだろう。アザミと喋っている内に、気づくと、車は海老原カントリー倶楽部の駐車場に着いていた。

客に扮してクラブハウスに入り、キャディバッグを預け、受付を済ませる。

三人ともゴルフをやるような人間とは程遠いせいか、受付の若い女に多少怪訝《けげん》な顔をされたが、まあ大丈夫だろう。

アザミと別れ、瀬尾と男鹿は男性用ロッカールームに入る。アザミの用意してくれた瀬尾の分のゴルフウエアに着替える。着替えながら、男鹿の方にチラリと目を遣る。精悍《せいかん》な体が目に入る。百戦錬磨のペット探偵というからには、数多《あまた》の動物たちにやられた名誉の古傷がさぞやたくさんあるのかと思いきや、そんな事もなく意外と綺麗なものだった。

が、背中に大きな傷が一つだけ刻まれているのが目に入った。熊にでもやられたのだろうか。深く痛々しい傷痕だ……。

ふっと男鹿がこちらに目を向け、瀬尾は慌てて目を逸らした。

「悪いけど、俺にそっちの気はないで」

真顔で男鹿が言った。

「か、勘違いせんといて下さい。俺かてそっちやないですよ」

「アホ。冗談や」また真顔。

どうやらこの変わり者を理解するには膨大な時間が必要なようだ。もっとも、それだけの時間が瀬尾には無いのだが。

Tシャツにホットパンツという出で立ちに着替えたアザミと合流し、ゴルフ場に入る。胸元がザックリ開いたTシャツからは形の良い胸がチラチラ見え、ホットパンツから出た白い太腿が眩しい。アザミの艶っぽい姿に瀬尾は思わずゴクリと唾を呑み込む。

「瀬尾さん、なんや急に歩き方おかしなったみたいやけど、大丈夫？」

「大丈夫、大丈夫。ちょっと太陽が眩し過ぎただけや」

男鹿が瀬尾の股間を見て、察したように「アホか」と言った。

マップによれば、池があるのは7番ホールと18番ホールだけだ。アザミの客の話を信じるなら、そのどちらか、あるいはその両方にアロワナがいるはずだ。

適当にプレイしながらも順番にホールを回っていく。もしも加納のアロワナが本当にこの池にいるのだとしたら、加納が放置しておくとは思えない。加納の部下たちがどこかから見張っているはずだ。ゴルフをプレイしているフリをしながら注意深く周囲を見回す。しかし、加納の手の者らしき姿は見えない。ただ、生ける屍《しかばね》のように呆けた顔をした初老の男が、芝刈り機をゆったりと運転しているだけだ。あまりにも平和な光景に拍子抜けしてしまう。どこかここからは見えない所から見張っているのか、それとも、ここにアロワナはいないのか。

問題の池がある7番ホールに入った。ワザと池に向かってゴルフボールを打ち込む。水飛沫《しぶき》を上げてボールが池に入った。

自然な素振りを装いながら、はやる気持ちを抑え、池に近づいていく。

瀬尾は池の中を覗き込んだ。

——ハズレ。

濁った池の中に懸命にアロワナの姿を探すも、そこには魚影一つ無かった。

共に覗き込んでいた男鹿とアザミも顔を上げて首を振る。加納の手の者たちがどこかから見張っているような気配もない。

頼みの綱は、残る18番ホールの池だけだ。

不安と焦りをどうにか抑えながらプレイを続ける。一方、男鹿とアザミの方は演技なのか、それとも地なのか、真剣にゴルフをプレイしているように見える。

「あんた、何してるん？　何か落としたん？」

「アホ、グリーンの芝を読んでるんやないか」

「そうなん？　どう見てもコンタクト落とした人にしか見えへんけど」

「ほっとけ。次のホールは絶対負けへんからな」

「何ならハンデつけてやってもええけど」

「そう言うてられるのも今の内や。もうコツは摑んだ」

「前のホールでもそれ言うてたけど」

どう見てもゴルフを楽しんでいるカップルにしか見えない。そんな二人を傍目《はため》に見ながら、瀬尾は思った。これが演技だとしたら相当な役者だ。ここが駄目だった時の事をちゃんと考えてくれているのだろうか。

瀬尾にはもはや不安しかない。

ゴルフ場に来てから四時間程が経った頃、ようやく問題の18番ホールに入った。

暑い夏場という事もあってか、昨日から一睡もしてないせいか、あるいはずっと精神的に追い詰められているせいか、適当にプレイしていたにもかかわらず、瀬尾はかなり疲弊《ひへい》していた。一方の男鹿はあれほど真剣にプレイしていながら、まだまだプレイし足りないという感じだ。その余裕が頼もしくも憎らしい。

18番ホールにある池は、7番にあったそれよりもかなり大きな池だ。その大きさが期待できる要素なのかどうかは分からないが、とにかくこの池に望みをかけるしかない。既にかなりの時間を費やし過ぎている。

7番ホールの時と同じように、ワザと池の中にボールを打ち込む。

頼む。おってくれアロワナ——瀬尾は祈るような気持ちで池に近づいていき、そして中を覗き込んだ。

水面に日光や空が反射していて、中の様子がよく分からない。

瀬尾はしゃがみ込むようにして水面に顔を近づけ、目を凝らした。

水の中で何かが蠢《うごめ》いた気がした。

ハッとなった瀬尾は身を乗り出した。それがいけなかった。

昨夜からの疲労は想像以上に瀬尾の足腰を蝕《むしば》んでいたらしい。乗り出した瀬尾の上半身を支え切れず、瀬尾は頭から池の中に落ちた。

慌てて池の中から顔を上げようとした瀬尾は、ふと目を留めた。

――いた。

紅い、というより金色の部分が多い鱗。ネット画像で見た通りの姿――アロワナだ。その中でも特に稀少性の高い、紅い鱗の持ち主、紅龍と呼ばれる種である事は見た瞬間に分かった。

思ったよりもかなり大きな印象。悠然と水中を泳ぐ姿は、熱帯魚などまるで興味のない瀬尾にも王者の風格を感じさせるに十分な美しさと貫録を併せ持つ。それも一匹や二匹ではない。「群れ」と表現するに相応しい数のアロワナがそこにはいた。アザミの客の話は本当だったのだ。

瀬尾は急いで水中から顔を出した。

――と、鋭い視線を感じた。そちらを向くと、二十メートルほど離れた所に芝刈り機が停まっていた。あの、生ける屍のような初老の男が、じっと瀬尾の方を見ている。先程までの呆けた様子は微塵《みじん》も感じられない。男の目には、とてもカタギのものとは思えない異様な鋭さがあった。声を掛けて近寄って来るでもなく、瀬尾の一挙手一投足を見逃すまいと、じっと芝刈り機の上からこちらを観察している。

それで十分だった。おそらく加納の息のかかった者だろう。アロワナのいるこの池を見張っているのだ。何かあれば、すぐに加納の手の者がすっ飛んで来る手筈になっているに違いない。

ここで事を大きくするのはマズい。瀬尾はあらかじめポケットの中に入れておいたゴルフボールを男鹿とアザミに掲げてみせた。敢えて大きな声で言う。

「鯉がめっちゃおったわ。ボール食われへんで良かったな」

その言葉に安堵したらしく、こちらの様子をまだ気にしながらも、初老の男は再び芝刈り機を動かし始めた。

大丈夫⁉　とアザミが駆け寄って来て、タオルで瀬尾の濡れた体を拭いてくれた。池の中の生臭い匂いで中和されたためか、アザミの匂いが気にならなかった。瀬尾のニヤけた顔が、アロワナを発見した喜びから来るものか、それともアザミの吐息を濡れた肌に感じた事から来るものか、瀬尾自身にもよく分からなかった。

三十分後、瀬尾と男鹿とアザミは、元の服に着替えを済ませ、駐車場のジープの中にいた。瀬尾の体からは池の生臭い匂いがまだ取れていなかったが、そんな事はどうでも良かった。とにかくアロワナの居場所は分かった。事態は大きく進展したのだ。

「うちの言うた通りやったろ」

アザミも勝ち誇ったような笑顔を浮かべて喜んでいる。

しかし――。

「このままやとアカンな」と男鹿が言った。

「え？　なんでよ」とアザミ。

瀬尾が男鹿の言葉を引き継ぐ。

「あの様子だと、何かあれば、すぐに加納の手下たちが駆けつけてくるやろ。あれだけのアロワナを盗み出すには時間も手間もかかる。このままやと不可能や。何か策を考えんと――」

その時、男鹿が意味深にアザミを見た。その瞬間、二人の間で何か意思の疎通が行われたようだった。アザミが少しだけ微笑み、小さく頷いた。

「？」怪訝な表情を浮かべた瀬尾を無視するように、男鹿は車をスタートさせた……。

6　調達屋

男鹿と瀬尾が偽《にせ》の刑事に扮し、摘発《てきはつ》と見せかけて堂々とアロワナを盗み出す——。それが、再び川西へと向かうジープの中で、男鹿が瀬尾に話してくれた作戦だった。

アザミも「刑事役として参加したい」と申し出たが、「アカン」と男鹿に一蹴《いっしゅう》された。

「なんで？　三人いた方が仕事がはかどるやないの」

食い下がるアザミに男鹿は言った。

「お前は仕事で加納ンとこのモンに面割れしてるやろ。それに、刑事は二人コンビで動くモンや。余計な女がいたら怪しまれる」

——そういうものだろうか。

その辺りの真偽は不明だったが、アザミは一応納得したらしく、渋々引き下がった。

偽刑事に扮し、アロワナを摘発する——なるほど。確かにその作戦なら、手間も時間もかけながら大量のアロワナを盗み出す事ができる。しかし——。

「相手はヤクザですよ。そう簡単に騙《だま》せるとは思えませんけど」

「普通はな。そやから精巧な警察手帳が要るんや」

「警察手帳？　そんなモンどうやって――」

「ま、ええやろ」

男鹿は説明するのが面倒臭くなったようだ。

「でも――」と食い下がる瀬尾に「ボンゾウ、いう人がおるの」と、男鹿の後を引き継いでアザミが続けてくれた。

「ボンゾウ……」

「平凡の『凡』に、土蔵の『蔵』で、『凡蔵』」

「何やそれ？　本名やないやろ」

「と思うけど。本名はよう知らん」

訊いてはいけないルールになっている、らしい。どうやらマトモな人間ではないようだ。もっともアザミも本名ではないはずだし、そもそも男鹿の怪しげな人脈からマトモな人間が出て来るとは思ってもいないが。

「で、その凡蔵いう人が――」

「調達屋いうの？　頼んだ物なら何でも用意してくれるの」

「そうなんか……何でも……」

「うん。何でも、ね……」

一瞬、アザミの目が翳《かげ》ったような気がした。瀬尾がその理由を尋ねようとした時、ジープが停まった。


郊外の一軒家だ。すぐに空き家だと分かった。庭は全く手入れされておらず、多くの雑草が我が物顔でのさばっている。荒廃した家屋からは人の気配というものが全く感じられない。本当にここに凡蔵という人物がいるのだろうか。

「なんや、お化け屋敷やないですか。入場料いくらです？」

場を和ませようとした瀬尾の軽口を無視し、男鹿は無言のまま家屋へと向かう。アザミも硬い表情で続く。仕方なく瀬尾も二人に続く。

玄関の前に男鹿とアザミと瀬尾が立つ。視線を感じた瀬尾がふと見上げる。と、こちらを見下ろしている監視カメラがある事に気づいた。その黒光りする現代的なフォルムが荒廃した家屋とやけに不釣り合いな印象だ。

と、家屋の玄関の鍵がカチリと開く音がした。

どうやら監視カメラを見ていた凡蔵が遠隔操作で開けたらしい。

「えらい厳重やな……」瀬尾が思わず呟く。

「気ィつけなアカンで。奴の機嫌損ねたらマシンガンで蜂の巣や。後には死体も残らへん」

「ンなアホな。ここは日本でっせ。アメリカやないんやから――」

「言うたやろ。凡蔵は調達屋や。何でも用意するて」

「………」

男鹿がドアを開け、家屋の中へ足を踏み入れる。そういうルールなのか男鹿とアザミは土足で廊下に上がると、慣れた様子で暗い廊下を進んでいく。瀬尾も二人に倣《なら》い、土足で後に続く。すると、地下へと続く階段が姿を現した。そこを降りていく。

階段を降り切った所に、またドアが現れた。ライブハウスのドアのように防音処理を施された分厚いドアだ。それを男鹿が開けた。

その地下室は〝物〟で溢れていた。

まず目に入ってきたのは、制服だ。様々な種類の制服が所狭しと壁と空間を埋め尽くしているのだ。警察官を始めとして、消防士、自衛官、看護師、パイロット……各学校の制服まである。

それらを掻き分けていった先に、目当ての人物がいた。

レジカウンターのような場所で何か書き仕事をしている男。彼が凡蔵のようだ。

どんな奇抜な格好をしたクレイジーな人間が出て来るのかと身構えていた瀬尾は、少なからず驚いた。品の良い黒のスーツに地味なダークグレーのネクタイを締め、爽やかなルックスに人の好さそうな笑顔を浮かべた男――それが凡蔵だったのだ。

すると、凡蔵は瀬尾の戸惑いを察したように、「はじめまして。凡蔵です」と言った後に、

「意外と普通で驚きましたやろ」と笑った。

凡蔵曰く「色々と調達するには、これが一番便利」という事らしい。確かに好印象でありながら、かつ記憶に残らない姿と顔立ちである。年齢もよく分からない。大学生にも見えるし、四十代と言われても納得してしまう。うまく変装すれば女性にも化けられるだろう中性的な雰囲気もある。なるほど、確かに彼の言う通りなのだろう。

その「好印象かつ、人の記憶に残りにくい顔」に人の好さそうな笑顔を貼りつけたまま、凡蔵が男鹿に訊いた。

「さて、今日は何を?」

「警察手帳を二つ。あと、刑事に見える服装と、それから靴もや」

「警察手帳ねえ……そりゃ難儀でんな」

「難しいか?」

「無理言うたら調達屋の名が泣きますわ」

そこで凡蔵はニヤリと笑った。

「そう言うと思うた」

「大阪府警?　兵庫県警?　それとも所轄《しょかつ》ですか?」

「そやな。大阪府警の捜査二課がええな」

「二課でっか。デカい金が動く仕事みたいでんな」

「使い道は訊かない約束やろ」

「分かってますって。男鹿さんと、この方の分ですか」

「そや。あと、家宅捜索令状も欲しい」

「ハッ、令状まで？　けったいでんなあ」

「明日には欲しいんや。できるか？」

一瞬、凡蔵は考える素振りを見せた。が、すぐに言った。

「〝前払い〟してくれるんなら」

――一体どれくらいかかるものなんだ？

所持金の心配をする瀬尾をよそに男鹿はすぐに言った。

「分かった。今ここで払う。ええか？」

凡蔵はニヤリと笑い、男鹿と握手した。どうやら商談は成立したらしい。

と、いきなり凡蔵がメジャーを持ち出し、瀬尾の首周りやウエストなど、体のあちこちのサイズを測り始めた。刑事に見える服や靴を用意するためなのだろう、仕立て屋顔負けの手際良さで素早く測り、データを書き込んでいく。男鹿の分は、最近データを取ったばかりらしい。男鹿はいつもこんな事ばかりしているのだろうか。頼もしいような、不安なような……。

次は警察手帳用の写真撮影だ。仕立て屋から写真屋に早替わりした凡蔵に警官の制服を着せられ、白いシーツのような背景の前に座らされる。履歴書のために散々顔写真を撮って来た経験があったせいか、慣れたものだった。

「お前、写真写りはええんやな」

男鹿が誉めてるのかけなしてるのか分からない事を言った。余計なお世話だ。

その他にも、今履いている靴の靴型をとられたり、令状に書き込む文面の確認をしたり――といった、細かい作業が続いた。

その間も瀬尾はずっと気になっていた。ここの金はどうやら男鹿が払ってくれるらしいが、男鹿が纏《まと》まった金を持って来た様子はない。支払いは本当に大丈夫なのか？　それとも、思ったよりも安く済むものなのだろうか？

細かい作業が終わる。

「ほな、頼んだで」

凡蔵にそれだけ言うと、男鹿は踵《きびす》を返してドアの方へ向かった。

――どういう事だ？　料金を前払いするんじゃないのか？

瀬尾が考えを巡らせていると、

「何しとる？　はよ行くぞ」男鹿に促された。

訳の分からないまま男鹿に続いてドアの方へと向かう。

と、アザミがついて来ていない事に気づいた。振り返る。アザミは俯《うつむ》いたまま佇《たたず》んでいる。声をかけようとした瀬尾の腕を男鹿が掴んだ。

「ほれ、早う」

男鹿に腕を引かれるがまま、瀬尾はアザミを残し、地下室を出た。

出て行く時、アザミの横顔が見えた。が、その顔は閉ざされたドアですぐに見えなくなった。


男鹿は早足で廊下を歩いていく。その背中を追いながら瀬尾は尋ねる。

「どういう事ですか？　どうして彼女だけ残して来たんですか？」

「…………」

男鹿は何も言わず、ズンズン歩いていく。

「〝前払い〟てどういう事ですか？　あの部屋ン中で何かあるんですか？」

「…………」

「男鹿さん！」

男鹿はようやく立ち止まり、呆れたように言った。

「野暮な奴やな。言わな分からんのか」

その時、瀬尾は全てを察した。踵を返し、地下室の方へ走る。

「アホ。戻って来い」

後ろで男鹿の声が聞こえたが、無視して走った。

薄暗い地下室の階段を一段飛ばしに駆け下りる。下り切った瀬尾の前に、地下室の分厚いドアが立ちはだかる。

ドアの向こうからアザミの声が聞こえた。苦しげな呻き声だ。

先程見た儚《はかな》げなアザミの横顔が、瀬尾の脳裏をよぎる。

――どうして気づかなかったのか。

瀬尾は己の不覚を恥じた。

――あの状況で〝前払い〟と言ったら、〝こういう事〟に決まってるじゃないか。

「クソッ」

ドアノブに手をかけた。幸い鍵は掛かっていない。

瀬尾は渾身の力を込めドアを開けた。

何かと何かがぶつかる音。さらに、先程と同じアザミの呻き声が一段とクリアに瀬尾の耳に飛び込んでくる。

しかし、瀬尾の視界は、所狭しと空間を埋め尽くしている制服によって塞がれている。

「やめろっ」

瀬尾は制服の海の向こうで行われている〝何か〟を止めようと、とにかく大声で叫んだ。

制服の壁を突破する。視界が開けた――。

まず目に入って来たのは、仰向けになったアザミだ。よく似合っていた黒のワンピースはビリビリに引き裂かれ、白い肌が露出している。そして、その白い肌には、まるで気味の悪い虫のように青黒い痣《あざ》が貼りついている。驚いて瀬尾の方を見つめるアザミの目は赤く充血していた。その目からは涙が見て取れる。泣いていたのだ。そして唇の端には、殴られたのだろう、血が滲んでいた。

アザミの上に馬乗りになったまま、凡蔵が怪訝そうに瀬尾に目を向ける。

「どないしたんです？　忘れ物でっか？」

楽しみを邪魔されて少し苛立《いらだ》っているらしい。悪びれる様子など微塵もない。

瀬尾は込み上げて来る感情を抑え、頭を下げた。

「すんません。ここのシステムとかよう知らんで……やっぱさっきの話、なかった事にして貰えませんやろか」

「……何やと？」

凡蔵が立ち上がった。表情はほとんど変わらない。が、明らかに空気が変わったのが瀬尾にも分かった。ヤバい――足の裏から熱いものが込み上げて来る。

――でも、ここで退く訳にはいかない。

瀬尾は凡蔵の攻撃に備えて身構えた。

ところが、その時、思わぬ所から声が飛んで来た。

「アホ、余計な事せんといて」

アザミだ。体を起こしたアザミは軽蔑したように瀬尾を睨み、

「何してるん？　さっさと出て行き」

「そ、そやかて――」

アザミは瀬尾を無視し、凡蔵の方を妖艶《ようえん》に見つめ、猫撫で声で囁いた。

「なあ……こんなアホほっといて、早う続きしよ。それともコイツに見させた方が興奮するん？」

アザミの言葉が終わらない内に、瀬尾は背を向けてドアへと向かった。

後ろから凡蔵がアザミを殴る音と、アザミの呻き声が聞こえて来たが、瀬尾は振り返らなかった。

７　恩人

結局、凡蔵の家からアザミが出て来たのは、それから二時間も経った後だった。

アザミの足元はフラつき、顔からは血の気が引いている。薄手のカーディガンを羽織っているので正確には分からないが、その白い体にいくつもの青黒い痣が刻まれているのは明らかだった。綺麗な顔に目立った傷が見えないのが唯一の救いか。あるいは、顔を傷つけない事が凡蔵の中のルールなのかもしれない。

ヨロヨロと出て来たアザミに駆け寄る瀬尾。

「大丈夫か」と声をかける。

だが、アザミは差し伸ばされた瀬尾の手を避けると、瀬尾の奥にいる男鹿の方に体を預けた。

男鹿はそんなアザミを抱きしめてやるでもなく、優しい言葉をかけてやるでもなく、無表情にじっと見下ろした後、言った。

「行くで」

その声は、まるで血の通わないロボットのようだった。

空には暗雲が立ち込め、今にも泣き出しそうだ。


帰りにホームセンターで巨大な水槽をいくつかと網を買う。ゴルフ場の池でアロワナを捕らえ、運び去るためのものだ。それらを車に積み終えた所でアザミがフラッとよろめいた。ただでさえ白い顔がさらに白くなっている。口を押さえたアザミは「ちょっと待って」と、小走りにトイレへ向かった。

気づくと、瀬尾は自然にアザミの後を追っていた。

「ほっとけ。凡蔵からの帰りはいつもこうなんや」

後ろから男鹿の声が聞こえたが、瀬尾は無視した。


トイレはホームセンターの外にある。申し訳程度に建てられた小さなプレハブの男女共用だ。掃除もロクにされていないのだろう、臭気漂う、薄汚れたドアの向こうから、アザミが咳き込み、えずく声が聞こえて来る。苦しそうだ。

「ほんまに大丈夫なんか？」

「……平気や。ほっといて」

その答えとは裏腹に、アザミの声は弱々しい。

「あいつんちで何されたんや？　俺が行った後、もっとひどい事されたんやろ」

「…………」

「そうなんやな」

「大した事ない。いつもの事や。ほっといて言うてるやろ」

また、えずく声。それが収まるのを待って、瀬尾は言った。

「……かんにん。俺のために」

だが、閉ざされたドアの向こうから聞こえて来たのは、瀬尾の言葉を真っ向から否定する芯の強い声だった。

「勘違いせんといて」

「え？」

「あんたのためやない」

瀬尾は自分の心がささくれ立つのを感じる。

「……あの男の……男鹿のためか？」

「…………」

「なんであんな奴のためにそこまでするん？」

「…………」

アザミは答えない。瀬尾は、ただじっと薄汚れたトイレのドアを見つめている。

と、不意にその薄汚れたドアから声が聞こえた。

「恩人だから……」

「え？」

「あの人が、うちの大事な家族を救ってくれたから」

「どういうことや？」

瀬尾の質問に、アザミは答えず、しばらくしてまた声が聞こえた。

「なんで〝アザミ〟いうんやと思う？」

「え？」

「うちの名前」

「………」

「うちの体な、ちっちゃい頃から痣だらけやったんよ」

「虐待……されとったんか」

なぜかそこでアザミの笑い声が聞こえた気がした。

「父親はうちのこと、ある時はサンドバッグとして、ある時は女として扱ってた。母親は見て見ぬフリしてた。そんな家でうちは育ったんよ」

「………」何も言えなかった。

「せやからな、この程度の事なんか、ほんま何でも無いんよ」

「せやけど……」

「何でも無いんよ」

瀬尾には、アザミとの間を隔てる薄汚れたドアが、あまりにも厚い壁のように思えた。アザミは家族に虐《しいた》げられて育ち、しかしその家族を救ったのが男鹿だという。瀬尾の頭は混乱しながらも、それ以上、口から言葉を発せられずにいた。

ただ、瀬尾は男鹿が救ったというアザミの「家族」とは人間ではないのかもしれないと、ぼんやりと思った。

遠くの方で雷が落ちる音が聞こえた。


ホームセンターから男鹿の家に着くまで、走る車の中では誰もが沈黙していた。ポツポツと小雨が降り始め、ワイパーが忙《せわ》しなく動いている。時折、雨の量にしては大袈裟な雷が静寂を切り裂いて轟いていた。

男鹿の家に着く直前、ようやくアザミが明るい声を上げた。

「あ、みなみちゃん」

見ると、男鹿の家の殺風景な庭に、見覚えのある自転車が停まっている。傍らには可憐《かれん》な少女の姿があった。セーラー服から淡いブルーのワンピースに着替えていたため、すぐには分からなかったが、見覚えのある顔——男鹿の家に来る途中で出会った少女だ。確か

「白石みなみ」という名だったはずだ。男鹿の家の軒先に入り、雨宿りをしている。

瀬尾と会った時、みなみは「男鹿の親友」を自称していたが、どうやら本当だったらしい。それまで仏頂面一辺倒だった男鹿の表情がわずかだが緩んだのが、瀬尾にも分かった。

みなみもこちらに気づき、人懐っこい笑顔を浮かべた。瀬尾に会った時は見せなかった笑顔。一瞬にして人の心を温かくするような、太陽のような笑顔だ。厚くて重苦しい雨雲の下、その輝きは一層際立った。

「もォ、ずっと待ってたんやで。雨も降って来たし、帰ろうか思うたわ」

みなみは、車から降りて来た男鹿たちに頬を膨らませた。だが、目は男鹿たちに会えた嬉しさを隠し切れず、笑いっ放しだ。

「何や、朝に来たばっかやろ」と男鹿。

「アホ。着替えてからまた来る言うたやん」

「そやったか。何や色々あって忘れてもうたわ」

——俺のせいって言いたいのか？

瀬尾は男鹿を睨んだが、男鹿は気づいてもいない。

「電話してくれれば良かったのに」

姉のような口振りのアザミに、みなみは小振りな唇を尖らせる。

「言うたやろ。ケータイ、学校の先生に取り上げられたって」

「あ、そやったね。かんにん」

「ええよ。こうやって会えたんやし――」

と、みなみが瀬尾に目を向けた。アザミが瀬尾を紹介する。

「こちら瀬尾さん。新しい依頼人なんよ。で、こっちが――」

「みなみちゃん、やったっけ？」

「そう。白石みなみ。仕事引き受けて貰えたんやね。良かった」と、笑顔を見せた。

「おおきに。ありがとう」みなみの笑顔につられて素直に言葉が出た。瀬尾のモヤモヤした気持ちが少しだけ和らいだ気がした。

アザミが不思議そうに瀬尾とみなみを交互に見る。

「何や？　二人、知り合いなん？」

「ここに来る前、ちょっとな」

改めてみなみが瀬尾に自己紹介する。

「うちは白石みなみ、十六歳独身。ピッチピチの女子高生やで。よろしゅうね」

「みなみちゃんはパン屋の娘でな、この人ん所にいつもパンを届けてくれてるんよ」

「パン？」

「そ、フランスパン。男鹿っち、フランスパン大好物やからね。パン届けついでに男鹿っちの話し相手をしてあげてるいうワケ。男鹿っち友達おらへんからね」

「やっぱり」と瀬尾。

「フン、大した用も無いのに入り浸ってる、の間違いやろ」

男鹿のぶっきらぼうな言い草に、みなみはムッとする。瀬尾が慌ててフォローする。

「でも、みなみちゃんみたいに可愛い女の子がどうしてこんな所に来るん？」

「こんな所……？」

今度は男鹿がムッとしたようだ。構うもんか。瀬尾は続ける。

「同級生とかと遊んでた方が楽しいやろ？」

「そんなん皆、ガキっぽいもん」と大人びた口をきいたみなみ、ふと男鹿の方を見る。その目は少女の目ではなく、紛れもなく〝女〟の目になっていた。

なんだ、お前もか……。

瀬尾は急激に脱力感に襲われた。そのせいか、腹が鳴った。かなり大きな音だったため、皆が一斉に瀬尾に目を向けた。思えば、昨日の夜から何も食べていなかった。空腹に気づく暇も無かったのだ。

「大丈夫？」みなみとアザミが心配そうに瀬尾の顔を覗き込んでくる。

アザミはともかく、みなみにまで心配されている自分が情けなくなり、瀬尾は顔を背けた。

「構わんといて。どっかで牛丼でも食うてくる」

そう言って、瀬尾は自分の車の方に向かった。

その時だった。

「ちょっと待て」

怒気を孕んだ声が聞こえた。振り返ると男鹿が瀬尾を睨んでいた。怒っているのが分かる。

「お前、今なんて言うた？」

瀬尾の物言いが気に食わなかったのか？　男鹿への苛立ちはあったものの、こんなつまらない事で頼みの男鹿を怒らせるのは得策ではない。

「俺の言い方が気に食わんかったんなら謝ります。すんません。ちょっと俺も腹減ってイラついてて――」

「そやない」

「やったら何です？」

「……お前、牛丼食うんか？」

まるでそれが人生を変える一大事かのように深刻な顔で訊いてくる。「……お前、人殺したんか？」「……お前、不治の病なんか？」そんな事でも聞くような口調だ。気づくと、アザミもみなみも、固唾を呑んで瀬尾の顔を見つめている。

――一体何だっていうんだ？

急に馬鹿らしくなって、瀬尾は突き放すように言った。

「牛丼ぐらい食いますよ。それが何やっていうんですか」

アザミとみなみが息を呑んだ。本当に一体何だって言うんだ？

「俺の前から消えてくれ。二度と姿見せるな」

突然、それだけ吐き捨てるように言うと、男鹿は背を向け、家の方へ歩き始めた。

一瞬、何が起きたか分からなかった。が、すぐに裕次郎の顔が浮かんだ。

――マズい。

考えるよりも先に口と体が動いていた。急いで男鹿の元に駆け寄り、真意を問う。

「どういう事ですか。俺の何がアカンかったんですか」

「心配するな。加納もアロワナもこのままにはせえへん。殺された連中の仇《かたき》は俺がとったる。せやけど、お前とはこれでお別れや」

それでは困るのだ。アロワナは生きたまま、瀬尾の物にしなければならないのだ。

瀬尾は必死に男鹿の前に回り込む。

「納得できません。分かるように説明して下さい」

「お前は悪ない。俺の問題や」

「何ですかそれ――」

男鹿は瀬尾と目も合わせず、家へ入ろうとしている。見かねたアザミが瀬尾に言う。

「あの人、ベジタリアンなんよ」

——はあ？

「せやから肉食うような人とは一緒に居られんねん」

筋金入り、という事か。それにしても無茶苦茶だ。

フォローするようにみなみが重ねる。

「かんにん。でも、男鹿っちの気持ちも分かってやって。男鹿っちにとっては動物の命も人間の命と同じ……ううん、それ以上に価値があるんよ。分かるやろ」

何だ、これではまるで瀬尾の方が悪い事をしているみたいじゃないか。その瞬間、これまでギリギリの所で堰《せ》き止めていた何かが決壊した。気づくと、瀬尾の口は、思わず呟いてしまっていた。

「何や、皆して動物、動物って」

そして決定的な一言。

「動物なんかより人間の命のが大事に決まってるやろ」

独り言のつもりで呟いたはずだった。しかし、溜まりに溜まった鬱憤《うっぷん》を吐き出したせいか、思ったよりも大きな声になってしまっていたようだ。ハッと気づいた時には、もう手遅れだった。アザミもみなみも驚いた表情で瀬尾の方を見ていた。

「あ、いや——」

必死に弁明の言葉を探す。しかし、瀬尾の思考はすぐに止まった。

いつの間にか玄関ドアを開けていた男鹿の背中から、異様な気配が漂って来たのだ。

禍々《まがまが》しい気配。少しでも触れたら殺されそうな類のものだ。

弁明するのを諦め、瀬尾の足が逃げる準備を始めた時、男鹿の声が聞こえた。

だが、それは全く予想外の物だった。

「チコがおらん……」

「え？」

一瞬、何の事だか分からなかったが、すぐに「チコ」というのが、男鹿の飼っている、いや、男鹿と一緒に「暮らしている」あの犬を指している事が分かった。男鹿が帰って来たら出迎える習慣があるのか、それとも家の中を漂う気配だけで察したのかは分からない。

が、男鹿はそう断言し、家の中へと入っていった。

アザミもみなみも、ついさっき瀬尾が激情をぶちまけた事がまるでなかった事かのように男鹿を追って家へと入っていく。当の瀬尾も気づくと彼らに続いていた。

玄関を上がり、左手に伸びた廊下を抜けて、右手にあるリビングに入る。

男鹿たちの視線の先、白いカーテンが揺れているのが見える。

網戸が落ち、そこから風が吹き込んでいるのだ。網戸は何かの拍子に落ちたのだろうか、それとも何者かによって落とされたのだろうか……とにかくチコがその落ちた網戸からいなくなったのは確かなようだった。

男鹿の犬が失踪したのだ。

瀬尾は素早く部屋の中を見回す。荒らされたような形跡はない。が――。

――『ペット連続不審死　同一犯か？』

新聞のショッキングな見出しが目に飛び込んで来た。そうだ。この付近には、正体不明の殺戮者《さつりくしゃ》がうろついているのだ。チコもそいつの毒牙にかかったのか？　バラバラだったり、焼き殺されていたり、体の一部しか発見されなかったり――チコの無残な死骸を思わず想像してしまう。

アザミも新聞を見て、同じ事を考えたらしい。緊迫した表情でみなみに尋ねる。

「みなみちゃん、うちらを待ってる時、何か見なかった？　誰か怪しい人とか」

思案顔を浮かべるみなみ。しかし、すぐに首を振る。

「かんにん。何も見てへん。ここで待ってる間も、ここに来る途中も」

そう言って、みなみは心配そうに男鹿の方に目を遣った。瀬尾もアザミもつられるように男鹿に目を遣る。

男鹿は落ちた網戸の近くに佇んでいた。激昂するでもなく、取り乱すでもない。ひたすらに考えを巡らせているように見える。そうだ。この男は、こういう事にかけてはプロなのだ。それも「伝説」と称される程の。

次の瞬間、男鹿が動いた。どこかに電話をかける。電話の相手と何か話しながら、男鹿は電話の傍らのメモ用紙に何かを書きつけていく。

「雷」や、時間・方角を表す単語が所々聞こえて来る。

瀬尾は答えを求めるようにアザミとみなみの方を見る。が、二人とも首を振った。どうやら彼女たちにも男鹿が何をしようとしているのか分からないようだ。

男鹿が電話を切る。それを待ってアザミが尋ねる。

「誰に電話してたん？」

「気象庁や」

予想外の返答に驚く瀬尾たち。男鹿が説明する。

「犬は雷に反応して、その雷が落ちた方角とは真逆の方に逃げ出す事がある。山ん中で野良やったチコなら尚更や」

山の中で野良犬だった？　あの犬にそんな過去があったのか。瀬尾はチコの鋭い目つきを思い出す。なるほど。あれはそういった過去から来る〝鋭さ〟だったのか。

「さっきこの辺りで一番近くに落ちた雷は、ここから北西の方角。つまりチコはその逆、南東の方角に逃げた可能性が高い」

「ほんまにそやろか。加納らの仕業かもしれへんよ」とアザミ。

加納？　と首を傾げるみなみをよそに、男鹿は断言する。

「いや、それはない」

「なんで？」

「争った形跡がないからや。いくら相手がヤクザや言うても、あのチコがこんな大人しく捕まるはずがない」

――なるほど。確かにそれはそうかもしれない。瀬尾は再びチコの鋭過ぎる目を思い出す。

さすがプロ。自分の愛犬がいなくなったにもかかわらず、すこぶる冷静だ。

と思ったが、どうやらそうでもなさそうだ。

フローリングの床は、男鹿が履いたまま上がって来た靴跡で汚れていたのだ。

8　裏切りの傷痕

　さっきよりも強くなった雨の中、左右を林に挟まれた道路を、アザミを助手席に乗せた瀬尾の白いワゴンがゆっくりと南に向かって走っている。

　とにかく南東の方角を二手に分かれて捜す事になり、男鹿・みなみ班、瀬尾・アザミ班に分かれた。今頃、男鹿もみなみを乗せ、瀬尾やアザミと同じようにチコの姿を求めてジープを走らせているだろう。

　瀬尾は運転席側の林を、アザミは助手席側の林を、それぞれ注視しながら車は南下していく。が、チコはもちろん、動くものさえ見えない。車内は重苦しい沈黙に包まれている。

忙しく動くワイパーの音と、車体を叩く雨粒の音がやけにうるさい。

「おおきにね」

　最初に口を開いたのは、アザミの方だった。

「一緒にチコを捜してくれて」

「……別に。アザミさんが礼言うような事やないやろ」

「あの人にとってチコは唯一の家族やから」

「家族ねえ……」

瀬尾の口調に呆れたようなニュアンスが混じる。それを感じ取ったのか、アザミが何か大切な事を言うように切り出した。

「あんたにだって大切な家族がいるやろ」

「………」裕次郎のつぶらな瞳を思い浮かべる。

「あの人にとっては、それがチコなんよ」

家族を大切にする。その気持ちは分からないではない。でも——。

「あの人な、背中に傷があるんよ」不意にアザミが言った。

急に何の話だ、と思いながらも、瀬尾は思い出す。カントリー倶楽部のロッカールームで見た男鹿の背中。そこに一つだけ刻まれた痛々しい傷痕を。

「知ってる。ロッカールームで見た」

「あれ、人に刺された傷なんよ」

「え……?」

驚いた。動物にやられた傷ではなかったのか。

「うちがあの人と出会う前の事やし、あの人もそれ以上は教えてくれへんから、詳しい事は何も分からへん。でも、あの人が背中に傷負ういう事は……」

——信じてた人に裏切られたいう事。

アザミはまるで自分が裏切られたような顔で、そう言った。

雨が強くなった気がした。

「もちろんそれだけが原因やないと思う。他にもいろんな理由があると思うけど、あの人が人を——人間を信じられんようになったんは、結構あの傷の事が大きいんやないかと思うんよ」

——そう言えば、と瀬尾は思い出す。男鹿の後ろ姿には、まるで隙という物が無かった。なるほど。あの背中の傷は、男鹿の肉体以上に、その心に深い傷を負わせたようだ。そして、その傷はおそらく今も癒《い》えてはいない。

「信じてた人に裏切られるとな、裏切ったその人だけやない、人間のこと皆、信じられなくなるんよ……うちも同じやったから、よう分かる」

瀬尾は、アザミが父親に虐待されていた事を思い出した。同じような傷を抱えている事が、男鹿とアザミを強く結びつけているのかもしれない。我が事を話すかのように、アザミは続けた。

「人間嫌いになったあの人は今の仕事を始めて……で、チコに出会った」

男鹿とチコが出会った時、チコは野犬だったという。それも町中で人間の残飯を漁って糊口《ここう》を凌《しの》いでいるようなタイプのソフトな野犬ではない。山の中で野生動物を狩って生きているようなハードなタイプの野犬だ。そういう犬は厄介だ。人間への警戒心も攻撃性も尋常ではないからだ。事実、家畜や人間までも襲ってしまう、悪名高い野犬だったらしい。保健所や猟友会でさえも手を焼き、最後に白羽の矢が立ったのが男鹿だったのだ。

「山ん中でチコと会うた時、あの人はチコに自分を重ねたんやないかな。あの人、よく『自分は野良犬みたいなものだ』って言ってたから」

——なるほど。チコもまた、男鹿と同じように飼い主、つまり信じていた人間に裏切られた存在なのだ。

「チコもそれを感じ取ったんやろ。それまでは牙を剥き出しにして唸《うな》ってたらしいけど、あの人には違う反応を見せた——そう言うてた」

その後、他の連中の反対を押し切って、男鹿はチコを飼う事——いや、チコと一緒に暮らす事を決めたらしい。もっとも、男鹿が一緒に暮らすと言い出さなければチコは処分されていた。男鹿としてはそれを阻止したかっただけなのかもしれないが。

それ以来ずっと、男鹿とチコは共に生きてきた。誰よりも同じ時間を共有してきた。

「だから、チコのこと家族って言うんも少し違うのかもしれない。あの人にとってチコは、親や兄弟よりも自分に近い存在なんよ」

——あの人は、うちなんかよりも、ずっと『チコ、チコ』なんよ。

そう言って、アザミは少し寂しそうに笑った。

「あの人がアザミさんにとっても恩人なんですか?」

「え?」

瀬尾は気になっていたことを訊いた。アザミは、男鹿が大事な家族を救い出してくれたと言っていたのが、気になっていたのだ。

「ああ、それね。私も小さかった頃、拾ってきた子犬だけが唯一の家族だった時があったんよ。その子をヤクザから救い出してくれたのが彼だった。彼には言ってないんだけどね、そのこと」

それを聞いて瀬尾は、ハッと一瞬息を呑んだ。

以前、噂に聞いていた男鹿の伝説を思い出したのだ。ある少女から子犬を奪って虐待していたヤクザ一家が、ある日を境に忽然《こつぜん》と姿を消したという事件……。

「あの事件ってアザミさんの……?」

——と瀬尾が言いかけた時、林の中で白い影が動くのが見えた。ハッと車を停めて目を凝らす。

チコだ。毛が雨に濡れて外見は多少変わっているが、間違いない。立ち止まり、こちらを見ている。

アザミも気づき、チコの方に目を向ける。瀬尾の顔を見て頷く。まずはよく顔を見知ったアザミが行く、という事だろう。

アザミが助手席から降り、チコの方へと向かった。

「チコ」

アザミが呼びかけ、チコにこちらに来るよう促す。

が、チコは動かない。男鹿以外の人間の言う事は聞かないのかもしれない。あるいは久々に単独で林の中を走り回り、かつての自分——動物を狩って生きていた野犬に戻ってしまったのか。

「チコ」名前を呼びながら、アザミが慎重に近づいていく。

雨で消されていたアザミの匂いを嗅げる距離になったのか、チコもようやく反応し、アザミへと近づいていく。瀬尾も安堵しかけたその時——。

またしても強い光。そして一瞬の後に鳴り響く轟音。雷だ。

チコが弾かれたように駆け出した。

「くそっ」

気づくと瀬尾は運転席を飛び出し、雨の中を駆け出していた。


さらに勢いを増した雨粒や、鬱陶《うっとう》しく伸びた木々の枝が視界を遮《さえぎ》る中、瀬尾とアザミは時折見失いそうになりながらも、逃げていくチコの後ろ姿を必死に追っていく。だが、犬が走るスピードに敵《かな》うはずもなく、しかも林の中は、いわばチコのホームグラウンドだ。

みるみる内に引き離されていく。

走りながら「チコ！」とその名を叫ぶも、チコは止まらない。

やがて何とか見失わずに追っていたチコの後ろ姿も、木々の彼方に見えなくなってしまった……。

しばらく瀬尾とアザミでチコの名を叫んで捜し回ってみたものの、チコが姿を現す気配はない。

諦めて車に戻ろうとした時だった。

少し先にアスファルトの道路が見えた。瀬尾やアザミが走って来たのとは違う道路だ。いつの間にか随分遠くまで走って来ていたらしい。瀬尾が何気なくその道路の方に目を遣った時――。

いた。チコだ。

道路の上に落ちている何かの匂いを嗅いでいる。よく見えないが、動物の死骸のようだ。おそらく車に轢《ひ》き殺され、そのまま放置されているのだろう。チコは死骸に気を取られ、こちらには気づいていない。

チャンスだ。

アザミと顔を見合わせ、頷《うなず》き合う。気配を気取られないように、音を立てないように注意しながら、チコに近づいていく。

――と、突然、瀬尾の目の片端から巨大な鉄の塊が飛び込んで来た。

トラックが走って来たのだ。

チコは動物の死骸に気を取られているようで動かない。

「チコ！」

大声で叫んだ。チコがこちらを見る。

だが、その事がかえってチコからトラックに気づく機会を奪ってしまったらしい。チコは瀬尾に気を取られ、まだ道路の上に留まっている。トラックに気づかぬまま、不思議そうな顔で瀬尾の方を見ている。

――駄目だ。ぶつかる。

考えるより先に、瀬尾の足は地面を蹴っていた。

雄叫びを上げながら猛然とチコに向かって走っていく。

その気迫と勢いに驚いたのか、チコが動物の死骸から飛び退く。

瀬尾の足がもつれ、道路の上に転倒する。轢き殺された動物の死骸の傍らに倒れ込んだ。

ハッと顔を上げる瀬尾。すぐ目の前にトラックが迫る。

もつれる足を懸命に動かす。が、雨に滑り、思ったように足が前に出ない。

トラックのクラクションが耳をつんざいた……。

三十分後、瀬尾はアザミとチコを車に乗せ、男鹿の家に帰還した。瀬尾の服は雨に濡れ、泥に汚れて、少し破れてはいるものの、幸い体に大きな傷はなかった。もっとも、枝や草にやられた細かい引っ掻き傷や、道路に転倒した際についた擦り傷で、あちこちから血が滲んではいたが。

アザミから連絡を受け、待っていた男鹿とみなみが出迎える。

「チコ！」

大声を上げて駆け寄るみなみ。チコは纏わりつくみなみとじゃれ合うでもなく、悠然と我が家へと戻っていく。これではどちらが犬だか分からない。

男鹿が、泥で汚れたチコの足を拭く。特に喜んだり、叱ったり、声をかける訳でもない。ただただ淡々とチコの足を丁寧に拭いていく。だが、その無言の行為が、男鹿がチコを大切に想っているのだという事を、何よりも雄弁に物語っているように見える。

車を降りたアザミが男鹿に声をかける。

「瀬尾さんが体張って守ってくれたんよ。走って来るトラックからチコを庇《かば》って」

庇ったというより、瀬尾が勝手にピンチを招いた気がしないでもないが、せっかく、アザミが良い風に言ってくれているのだ。ここはそういう事にしておこう。

「ちゃんとお礼言うたら？」と、アザミが男鹿を促す。

男鹿は黙ってチコの足を拭き続けている。

「ええよ。そんなの」

お礼を言われたがっていると思われても癪《しゃく》だ。とにかく今は雨と汗と泥と少しの血で汚れた体を風呂の中に沈ませたい。そしてベッドで休みたい。

「ほな、俺はこれで——」

運転席に戻ろうとした瀬尾に、「待て」と男鹿が声をかけた。

「今、風呂沸かしてる。入ってけ。腹も減ってるだろ」

そう言って、家の中へと入っていく。

——お礼、という事だろうか？

確認するようにアザミの顔を見る。アザミは微笑んで頷いた。

「アンタがお腹すかせてたの、覚えてたんよ」

「せっかくやから、お言葉に甘えようかな」瀬尾は言った。

いつの間にか雨は上がっていた——。


風呂は尋常じゃないほど熱く、そして男鹿の用意してくれた着替えのジャージは、なぜか瀬尾にピッタリだった。男鹿曰く、男鹿が中学生の頃のジャージらしい。ジャージのサイズが自分の人間としての大きさのように思えてきて、何だか瀬尾は空しくなった。

アザミやみなみも交えて夕食も皆で食い、結局その夜、瀬尾は男鹿の家に泊まる事になった。アザミ曰く、男鹿が誰かを家に泊めるなんて「相当珍しい事」らしい。夕食を食べ終えた皿を二人で洗いながら、アザミがこっそり教えてくれた。

どうやらチコを助けた一件で、瀬尾は男鹿の信頼を勝ち得たようだ。

皿を洗いながら、男鹿の方に目を遣る。黙々とテーブルを拭いているその顔は、相変わらず感情に乏しいが、心持ち穏やかに見えた。

作戦が予想以上に上手くいっている手応えを感じる一方、瀬尾は、チクリと心の痛みを感じた。瀬尾は、自分を信頼し、力を貸してくれている人間を裏切ろうとしているのだ。

——仕方ない。全ては裕次郎の命を救うためなのだ。

そう自分に言い聞かせ、瀬尾は最後の皿についた汚れを綺麗に洗い流した。


アザミがみなみを送りがてら帰って行き、瀬尾は男鹿と二人きりになった。

先程まではムードメーカーのみなみや、調整役のアザミが、場をうまく盛り上げてくれていたおかげで、賑やかさに包まれていた男鹿の家だったが、二人がいなくなった事で急に襲って来た静けさに、瀬尾は戸惑っていた。

傍らの男鹿を盗み見る。男鹿は瀬尾の事など気にも留めていない様子で椅子に座って何やら考え事をしている。

瀬尾は所在なさげに佇みながら、話しかけるタイミングを窺っていた。

いつもなら裕次郎と一緒の夜だ。裕次郎も男鹿以上に無口なため、沈黙には慣れているはずだが、男鹿との沈黙はやはり気まずい。

「明日の事ですけど――」

沈黙に耐え切れず、瀬尾は男鹿に話しかけた。

「それならさっき話したやろ」と男鹿。

その通り。明日、海老原カントリー倶楽部からアロワナを奪う作戦については、先程、アザミも交えて打ち合わせ済みだ。それも、細かい話は明日になってから、という随分簡単なものだったが。

「そんな感じで大丈夫なんですか？　相手は相当性質の悪いヤクザなんですよ」

言いながら改めて瀬尾は自分の立場を自覚する。

そうだ。色々な事が立て続けに起こったせいで忘れかけていたが、瀬尾はとんでもない苦境に立たされているのだ。

そんな瀬尾の気持ちを知ってか知らずか、男鹿は落ち着いたものだ。

「考える暇があるんやったら寝た方がええ」

何やら格言じみた台詞《せりふ》を吐き、瀬尾を寝室へと案内する。

男鹿が瀬尾のために用意してくれたベッドはお世辞にも上等な物とは言えなかった。

マットは硬く、横たわると背中が痛い。枕も同様に硬かった。それでも、枕に頭を乗せ、ベッドの上に横たわると、自然と眠気が襲って来た。
瀬尾は眠った。夢は見なかった。

9　寂しげな微笑

目を開けると、目の前に男鹿がいた。

決して心地良い目覚めとは言えないが、おかげで慣れない場所で目覚めたにもかかわらず、混乱する事なく、すぐに現実の状況を正しく思い出す事ができた。

「おはよう」の挨拶もなく、男鹿は瀬尾にジャムサンドが入った袋を放り投げた。朝食、という事らしい。

「出かけるぞ。車の中で食え」

「え……？」

「凡蔵から電話があった。〝衣装〟と〝小道具〟を取りに行く」

男鹿のジープで川西へ向かう。男鹿のくれたジャムサンドは、バンズがふんわり柔らかく、苺ジャムも惜しみなくたっぷりと塗ってあって、驚いてしまうほど美味かった。どうやらみなみの両親が営んでいるパン屋のものらしい。もしかしたら結構な人気店なのかもしれない。贅沢《ぜいたく》を言えば、肉を食ってエネルギーを溜めておきたい所だが、もちろん男鹿の前でそんな事は言えない。

凡蔵の所に行く前に、マンションの前でアザミを拾う。

車に乗って来たアザミは、昨日のカジュアルな服装とは異なり、全身をシックなグレーのスーツで固めていた。正に女刑事という装いだ。予定では、敵の前で刑事を演じるのは、男鹿と瀬尾だけという事になっている。が、万が一の時に備えて、アザミも準備だけはしておく、という事になっていた。

どんな格好をしていても、やはりアザミだ。美しい。そして臭い。女刑事を演じるに当たって、少しでもその匂いを中和しようと努力したらしく、香りの強い香水をつけたのだろう。が、逆効果らしい。中和するどころか、アザミの体臭と香水の匂いが絶妙にブレンドされ、昨日にも増して凄まじい悪臭を放ってしまっている。車の中、密室に一緒にいると頭がクラクラしてくる。別の意味で最終兵器になりそうだ。

横顔を見る。昨日のメイクを見ても、元々メイクは薄い方のようだが、今日は女刑事という設定からか、ほぼすっぴんだ。しかし、その事がかえって彼女の美しさを際立たせている。が、その表情は心持ち硬いように見える。これから凡蔵の所に行くためだろうか、昨日〝前払い〟は済ませたはずだが——。

「今日も何かされるんか？」

思わず訊いていた。アザミは微笑み、首を振る。

「そういう契約にはなってへんから」

「………」

「昨日の事も気にせんで。私、実はMッ気あるんやから。ああいうの、逆にご褒美みたいなモンなんよ」

と、陽気に笑ってみせた。が、それが本音かどうかは分からなかった。


ジープが凡蔵の空き家に着いた。昨日と同じ手続きを経て、三人は空き家へ入っていく。

昨日と同じように凡蔵はレジカウンターの所で瀬尾たちを待っていた。昨日と違うのは、そこにスーツとワイシャツにスラックス、くたびれたようなネクタイと履き古された革靴、そして警察手帳と手錠が各々二組ずつ用意されている事だった。

昨日の事もあり、凡蔵と顔を合わせるのは少し気まずい瀬尾だったが、凡蔵の方は気にも留めていない様子で、例の「好印象かつ、人の記憶に残りにくい顔」に、人の好さそうな愛想笑いを貼りつけている。

「ほな、確認お願いします」

凡蔵に促され、瀬尾は男鹿と共に偽の警察手帳を手に取って確認する。

黒に革製の手帳を縦に開くと、警官の制服を着た自分の顔写真と目が合い、妙な気分になった。顔写真の下には「巡査部長　中田正也」という印字がある。それが瀬尾に与えられた偽名らしい。

男鹿の方には「警部補　藤堂則行」と書かれている。

警察手帳の下部には、「POLICE」「大阪府警察」という文字が刻まれた金色のエンブレムが鈍い輝きを放っている。

そもそも本物を知らないので判断のしようもないが、「なんで警部やないんや」と訳の分からない所で不満を漏らしながらも、男鹿が満足そうに頷いている所を見ると、どうやら出来は良いらしい。

よく見てみると、瀬尾の手帳と男鹿の手帳では、年季の入り方が違う。瀬尾の手帳の方が新しく、男鹿の方が古いのだ。新人刑事役の瀬尾と、ベテラン刑事役の男鹿、という設定に合わせた物なのだろう。なるほど。確かに芸が細かい。

同じ事が、スーツやネクタイにも言えた。

瀬尾に用意されたスーツは、細いピンストライプの入った若者向けの物で、多少日焼けしているとはいえ、まだ使い古されてない印象。ワイシャツもネクタイも同様だ。一方、男鹿に用意された方は何もかもシミだらけで、かなり使い込まれているようだ。

その人物が本当に長年使っているように見せる〝汚し〟という技術なのだ、とアザミが教えてくれた。

「少しやり過ぎと違うか」と男鹿。

「いや。これでも抑えたぐらいでっせ」と凡蔵。

確かに実際、ドス黒くなるほど日に灼けた肌の持ち主である男鹿が着ると、その日焼けしたスーツには妙な説得力があった。本当に男鹿がずっとそれを着ていたかのようだ。

「似合うてるやないの」とアザミ。

男鹿だけは「そうかあ？」と、納得いかない表情を浮かべているが。

さすがにオーダーメイドされただけあって、スーツもワイシャツもスラックスも男鹿にも瀬尾にもピッタリだった。さらに驚いた事には、革靴までもが完璧にフィットした事だ。革靴は、歩く癖によってその人にしか合わない物に形が変わっていく。それまでもがほぼ完璧に再現されていたのだ。

驚いている瀬尾に凡蔵が誇らしげに言う。

「靴がその人に合ういうんは、正体がバレにくいだけやない。万が一正体がバレて逃げるハメになった時にも、靴擦れする事なく全速力で長時間走れるいう事なんです。意外に重要な事なんでっせ」

正体がバレた時の事など考えたくもなかったが、確かに心強くはある。この短い時間でよくもここまで揃えたものだ。その手腕には素直に感心してしまう。タダの変態ではなかったという事か。

ふとアザミの方を見る。アザミは、男鹿と瀬尾の様子を微笑を湛《たた》えて見守っていた。自分が体を張った事がこうして結実しようとしている事への満足の微笑か、それとも昨日の事を思い出し、心の傷を悟られないように無理して笑っているのか。どちらにしてもやり切れなさに変わりはないが、せめて前者であって欲しいと瀬尾は思った。

そういう訳で、凡蔵の所から出て来た瀬尾と男鹿は、すっかり二人の刑事となっていた。

「ほな行こか、中田巡査部長」と男鹿。

「分かりました、藤堂警部補」と瀬尾。

「どうも締まらんなあ。やっぱり警部の方が良かったんと違うか」

「どう見ても出世しそうやない顔して贅沢言わんの」とアザミ。

ジープに乗り込んだ三人は、最終準備をするため、男鹿の家へと戻る。

その道中、作戦についての簡単な確認をしただけで後は皆、黙っていた。緊張が高まってきていた。

男鹿家に予想外の客が訪れたのは、瀬尾たちがジープの荷台に、アロワナを捕るための網と巨大な水槽をいくつか積み込んでいる時だった。

チリンチリン、という軽やかなサイクル・ベルの音が聞こえた。顔を上げると、自転車に乗った少女の姿があった。みなみだ。眩しくなるような白いワンピースを着て、ヒマワリのような満開の笑顔を浮かべている。

怪訝な顔をして男鹿が尋ねる。

「何や？　学校はどうした？」

「今日は休みなの。創立記念日」

言いながら、みなみは男鹿の家の庭に自転車を停める。瀬尾たちは困ったように顔を見合わせる。みなみが笑顔を向けてくる。

「ヤクザから泥棒するんでしょ？」

瀬尾は非難するように男鹿の方を見た。喋ったのか？

と――その男鹿は同じ目でアザミを見ていた。アザミが申し訳なさそうに首を竦める。どうやら喋ったのはアザミのようだ。

「うちにも手伝わさせて」

みなみの瞳はワクワクとドキドキで見事なまでに輝いてしまっている。

と、それを断ち切るように男鹿が言った。

「あかん」

みなみの瞳からスッと輝きが失われたように見えた。

「……どうして？」とみなみ。まだ口許《くちもと》に笑みを浮かべているが、目は笑っていない。

アザミが言い聞かせるように説得する。

「昨日も言うたやろ。とっても危ないんよ。みなみちゃんみたいな可愛らしい女の子を怖い目に遭わせる訳にはいかへんの」

「うちなら構へん。何があっても平気や。自分の身ぐらい自分で守れる。責任ぐらい自分で取れる。子供扱いせんといて」

みなみの大きな瞳には強い意思が宿ってしまっている。

——マズいな。面倒な事になってきた。

瀬尾がそう思った時だった。

「絶対にあかん」

男鹿が言い放った。

「どうして?」

食い下がるみなみに決定的な一言。

「お前は足手まといや」有無を言わせぬ言い方だった。

みなみが息を呑んだのが、瀬尾にも分かった。

「何もそんな言い方せんでも」

アザミのフォローを拒むように、みなみは、ええよ、と笑顔を浮かべた。

「……本当の事やし」

そして笑顔のまま言った。

「そしたら、うちはチコと一緒にここで留守番してる。それぐらいはええやろ？」

男鹿は答えない。みなみに背を向けたまま、ジープの荷台に水槽を積み込む作業を続けている。

「おおきにね。ほんま助かるわ」男鹿の代わりにアザミが笑顔で言った。

みなみは少し寂しそうに微笑んだ。


十分後、男鹿と瀬尾とアザミの乗ったジープが、男鹿の家を出発した。

助手席に座った瀬尾はサイドミラーに目を遣った。ミラーの中、三人を見送るために庭先に出ていたみなみとチコの姿が次第に小さくなっていく。

「ワザと冷たく突き放したんですね。みなみちゃんを危ない目に遭わせんように」

瀬尾は、サイドミラーの中で小さくなっていくみなみの姿を見ながら、運転席の男鹿に訊いた。

「…………」

男鹿は何も答えない。黙ってハンドルを握り、前方を見つめている。

瀬尾はサイドミラーに目を戻した。みなみとチコの姿はもう見えなくなっていた。

10　巨大な黒い塊

海老原カントリー倶楽部へと向かうジープの中。

初めは段取りの最終確認などを入念に行っていたが、それも済み、だんだん目的地が近づいてくると、誰もが口を閉ざした。男鹿は、車のエアコンを一切つけず、窓を開けっ放しにする事で熱が車内に籠《こ》もるのを防いでいた。そのため、全開の窓から入り込んで来る蟬の声と車のエンジン音がやけにうるさい。

瀬尾はバックミラー越しに、後部座席に座っているアザミを見た。アザミの表情からも明らかに緊張しているのが伝わって来る。

ハンドルを握っている男鹿に目を移す。男鹿だけは相変わらず何を考えているのか分からない。これくらいの修羅場は何度もくぐって来ているのかもしれない。いや、そうでなければ困るのだ。

――しかし、その男鹿でも加納に勝てるのだろうか？

瀬尾が額に滲んだ汗を拭った時、海老原カントリー倶楽部が見えて来た。

男鹿が駐車場にジープを停める。やはり空いている。他には車は数台しかない。

と、男鹿が呟いた。

「昨日来た時と同じや。ここにある車、ほとんど同じ車や」と男鹿。

瀬尾は思い出そうとしたが、はっきりとは思い出せなかった。

「従業員の車いう事や。加納の息のかかったモンもいくらかおるはずや」

瀬尾は、あの芝刈り機を運転していた初老の男を思い出す。彼も間違いなく加納の手の者だろう。他にも何人かいるのだろうか。

男鹿は瀬尾に助手席のグローブボックスを開けるよう命じた。瀬尾が命じられるままに開けると、そこにはナイフやらバックルやらレンチやら物騒な物が所狭しと詰め込まれていて、ギョッとする。

「そこにアイスピックがあるやろ?」

見ると、数々の武器に混ざって、アイスピックの尖った先端が見えた。

瀬尾が頷くと、男鹿が言った。

「そいつをアザミに渡してくれ」

瀬尾は慎重な手つきでアイスピックを取る。尖った先端が陽光に当たり、鋭く光った。

瀬尾はそれをアザミに渡す。

男鹿がアザミに言う。

「俺たちがゴルフ場の方に行ってる間、ここにある車のタイヤ、全部パンクさせとけ。ええな」

「分かった」と緊張気味に頷くアザミ。

「絶対怪しまれるなよ」

「……うん」

正体がバレて逃げるハメになった時の対策だろう。考えたくもないが、そうなった時の事を想像してしまい、瀬尾はゴクリと一つ唾を呑んだ。アザミも同じ想像をしたのだろう、アイスピックを見つめる表情が一段と強張《こわば》っている。

「なあに、万が一の時のためや」

二人の不安を察したのか、男鹿が言った。

——その「万が一」ってヤツを、割と頻繁《ひんぱん》に起こしちゃう奴なんですよ、俺は。

瀬尾は喉まで出かかっていたその言葉を呑み込んだ。男鹿はまだしも、アザミをいたずらに不安にさせるのは得策ではない。

「ほな行くぞ」男鹿が言った。

瀬尾は一つ深呼吸をした。

——さあ、いよいよだ。

アザミを残し、男鹿と瀬尾はジープを降りた。

刑事になり切って堂々とした足取りで、焼けつくようなアスファルトの上を、クラブハウスへ向かって歩いていく。擦り減って薄くなっている靴の底からその熱が伝わってくる。蟬の音がうるさい。にもかかわらず、瀬尾の耳には早鐘を打つ自分の心臓の音が聞こえて来た。

「余計な事はするなよ。俺に全部任せとけばええ」

こちらを見ずに男鹿が言った。

その心配は要らなそうだ。余計な事などできる気がしない。

ジープの中にいるアザミの顔が見えた。こちらの様子を心配そうに窺っている。その視線は明らかに瀬尾ではなく、男鹿に向けられている事が分かる。が、今は考えないようにする。目の前の事に集中するだけだ。

男鹿と並んでクラブハウスに入る。受付には、昨日と同じ若い受付嬢がいた。明らかに客とは違う雰囲気で入って来た男鹿と瀬尾に対し、怪訝な表情を浮かべる。

その受付嬢に、男鹿は懐《ふところ》から警察手帳を出し、開いて見せる。慣れた手つきだ。実際、こういった事には慣れっこなのだろう。瀬尾も慌てて懐から警察手帳を出し、見様見真似で開く。受付嬢がハッと緊張したのが分かった。男鹿が落ち着いた声で話す。

「大阪府警や。オーナーおるか」

受付嬢は「少々お待ち下さい」と奥の事務所へと下がっていった。彼女もこのカントリー倶楽部の裏事情を知っているのだろうか。受付嬢の表情からはそこまでは読み取れなかった。が、とにかく警察手帳は本物に見えたようだ。

しかし、問題はここからだ。

クラブハウスの中は冷房が効いているはずなのに、瀬尾は全く涼しさというものを感じられないでいる。

奥の事務所の方で受付嬢が誰かと話している声が聞こえてくる。相手はどうやらオーナーのようだ。昨日の反応から見て、このゴルフ場に何かあれば、加納の手下どもがすぐに駆けつけて来る事は容易に想像できた。加納たちと顔を合わせる事なく全てが終わってくれればいいが、おそらくそういう訳にもいかないだろう。

瀬尾は横目に男鹿を見た。男鹿は真っ直ぐ前を見ている。この男が頼りだ。

しばらくした後、事務所の方からスーツ姿の中年男が出て来た。背中を極端に丸め、何の柄だか分からない派手で悪趣味なネクタイの上に、気持ち悪いくらいの愛想笑いを貼りつけた浅黒い顔がある。如才ない商売人を思わせる人相だ。

「お待たせしました。私がオーナーの海老原ですが」

海老原が愛想笑いを貼りつけたまま挨拶する。

「警察の方々が一体どんなご用件でしょうか」

神経を逆撫でするような猫撫で声だ。

「分かっとるやろ。池におるアロワナの件や」

男鹿がサラリと言った。海老原の目にサッと動揺が走るのが見えた。

「さて、何の事でしょう。うちの池におるんは鯉だけですが」

海老原は愛想笑いを引っ込めず、猫撫で声のままシラを切ろうとする。

「鯉？」

「ええ、鯉です」

「……まあ、ええ。調べれば分かる事や」

男鹿はそう言い捨て、コースへと出ようとする。瀬尾も慌ててそれに続く。

さすがに焦った海老原が前に立ち塞がる。さっきまでの愛想笑いは消えている。

「ちょっと待って下さい」

猫撫で声も消えている。本性を現し始めたようだ。

「令状もなしにそないな事されたら敵いませんわ。調べるんやったら令状持って来て下さい。令状を」

警察が来た時のマニュアルを加納に叩き込まれているのだろう、海老原は必死に食い下がる。その海老原の眼前に、男鹿は待ってましたとばかりに、家宅捜索令状を突きつける。

凡蔵会心の〝作品〟だ。当然、海老原などに見抜ける訳がない。観念した海老原が戦意喪失するのが分かった。丸い背中がさらに丸くなる。

さすが凡蔵。高い〝代償〟を払っただけの事はある。

「ほな、邪魔するで」

有無を言わせぬ口調で男鹿が言った。


アロワナの池があるのは18番ホール。そこへ向かって男鹿がカートを走らせている。瀬尾は助手席に乗り、後部座席には、ジープから移し替えた巨大な水槽と魚網が載せてある。瀬尾はクラブハウスの方へと目を遣る。何人かの従業員たちが様子を窺うようにこちらの方を見ている。が、その中には、昨日の芝刈り機の男も、そして海老原オーナーもいないようだ。おそらく今頃、大慌てで加納に連絡して指示を仰いでいるのだろう。

男鹿が運転しながら瀬尾に言う。

「手下どもが姿見せたら、一発で加納が関わってる事がバレるからな。連中も慎重にならざるをえんやろ」

「ほな、上手くすれば、加納とも手下の連中とも全く会わずにアロワナ盗れるかもしれへんいう事ですか」

「可能性はあるやろな。あの海老原いうオーナーやらここの従業員やらに全部の罪押しつけて自分らは知らぬ存ぜぬで通す。そうなる可能性もなくはない」

ま、トカゲの尻尾切りいうヤツやな、と他人事のように男鹿が言う。

——そうなったら最高だ。瀬尾たちは難なくアロワナを手に入れる事ができる。

瀬尾はそうなるように強く願った。


結局、クラブハウスから加納の手下たちが顔を出す事のないまま、男鹿と瀬尾の乗ったカートは18番ホールの池に到着した。

カートから降り、池の中を覗き込む。

——いた。

そこには、紅く輝く鱗を煌めかせながら水中を蠢くアジアアロワナたち——紅龍の群れが、昨日と全く変わらずに存在していた。昨日の一件で怪しまれて、もしや既に回収されてしまっているのでは？　という不安も瀬尾の心の中にはあったのだが、どうやら杞憂《きゆう》だったらしい。

ひとまず瀬尾は安堵した。ここまでは願ってもない程の順調さだ。

「何ボーッとしとる。さっさと済ませるで、巡査部長」

「分かってますって、警部補」

男鹿と瀬尾とで手分けして複数の水槽に池の水を入れていく。少し窮屈にはなるが、どうやら水槽の中に、池にいる全てのアロワナを回収する事ができそうだ。

男鹿と瀬尾は一本ずつ魚網を手にする。ホームセンターにある中では最も大きな物を選んだはずだが、それでも池の中のアロワナを捕まえるにはギリギリのようだ。改めて狙った獲物の大きさを実感させられる。

瀬尾はもう一度クラブハウスの方に目を遣った。まだ動きはない。急いで回収し終える事ができれば、本当に加納たちとは接触せずに事を終えられるかもしれない。

「ほな、いくで」

男鹿が、持参していた食パンの屑《くず》をポケットの中から出した。捕まえやすくするためにアロワナたちを集めるための撒き餌だ。こんな時でも虫などの生き物は犠牲にしないようだ。さすが男鹿の不殺生《ふせっしょう》は徹底している。

男鹿が池の中にパン屑を投げ込んだ。早速、一匹のアロワナが寄って来て屑をついばんだ。その瞬間を捉えて男鹿の網が素早く掬い上げる。

ザバッ！

網の中で暴れる巨大魚の鱗が陽光を受けて金色に輝いた。

男鹿が鮮やかな網捌きでアロワナを、芝の上に置いてある水槽の中へと放り込む。それに見惚れていると、男鹿が目で瀬尾を促した。

お前も早よせい、という事らしい。

――よし。

瀬尾も男鹿に倣って同じようにアロワナを捕まえにかかる。

だが、これがなかなかうまくいかない。瀬尾の網にスピードがないのか、それともスピードがあり過ぎるために獲物が気配を察して逃げてしまうのか、とにかくアロワナは瀬尾の網を避けて逃げて行ってしまうのだ。男鹿の手際が良過ぎるのか、瀬尾の手際が悪過ぎるのか。とにかく、誰もが上手くできる訳ではなさそうだ。

すると、瀬尾の網から逃れた獲物を待ち構えていたように男鹿が捕らえ、水槽の中に放り込んだ。呆れたような目で男鹿が瀬尾を見てくる。

「何やお前、こんな事もマトモにできんのか」

――ムカ。

「えろう悪かったですね。誰もが生き物と仲良しや思うたら大間違いですよ」

「何怒ってんねん」

「怒ってませんよ」

「怒ってるやないか」

――駄目だ、駄目だ。こんな所で不毛な言い争いをしてる場合じゃない。今、自分たちは敵の本拠地で敵のお宝を奪おうとしている真っ最中なのだ。

瀬尾は心の中に浮かんだ罵詈雑言《ばりぞうごん》を引っ込め、努めて冷静に言った。

「……早よやりましょ。仲間割れしてる場合やない」

「俺はお前の仲間やないぞ」

「………」

男鹿の言葉を無視し、瀬尾は池の中へと網を伸ばした。男鹿もまだ何か言いたそうだったが、開きかけた口を閉じ、池の中に目を移した。


約三十分後、瀬尾と男鹿は池の中の全てのアロワナを捕まえ、水槽に移し替えていた。結果的に一番有効だったのは、瀬尾の網を逃れて来たアロワナを男鹿が掬い上げる、という、あのコンビプレイ（？）だった。慣れて来た終盤には、二匹同時に捕まえるという円熟の技まで生まれていた。もっとも、瀬尾が散々苦労して追い立てた獲物を、最後に男鹿に美味しいトコだけ持って行かれるのと、その度に見せる男鹿のうざったいドヤ顔には閉口させられたが。


とにかく瀬尾と男鹿はアロワナを回収し終えたのだ。

「やったな」と男鹿。

「やりましたね」と瀬尾。

二人の間には一仕事終えた後の満足感が漂っている。

と、ハッと瀬尾は思い出す。

――しまった。アロワナを獲るのに夢中になり過ぎてしまい、加納たちの事をすっかり失念していたのだ。

瀬尾は慌ててクラブハウスの方に目を遣った。

――大丈夫だ。依然として動きはない。

……が、その静けさが逆に不気味ではある。

「……あまりにも動かな過ぎやないですか」

男鹿も同じ不安を感じていたのだろうか、少し思案するような表情を浮かべる。

「……とにかくこいつらをカートに載せるで」

男鹿と瀬尾とで、ギッチリとアロワナの入った水槽を持ち上げ、カートに載せていく。

重い。水の重さにギッチリと入ったアロワナの重さが加わり、尋常ではない重量になっている。だが、これが大金の重さ、そして裕次郎の命の重さなのだ。そう思うと、こんな所で怯んではいられなかった。

やっとの事で水槽を積み終え、カートでクラブハウスへと向かう。

正面に見えるクラブハウスが近づいて来た時だった。

ハンドルを握っていた男鹿がハッと反応した。

助手席の瀬尾が思わず男鹿の視線を辿ると、クラブハウスにある事務所の裏口と思しきドアから、三つの人影が出て来るのが見えた。

目を凝らしてみると、一つは背中を丸めた中年男――さっき会ったオーナーの海老原である事がすぐに分かった。だが、残りの二つは見憶えがない。昨日の芝刈り男や、先程こちらの様子を窺っていた従業員たちとも違うようだ。

さらに目を凝らしてみる。一人は頭の禿げ上がった背の低いオッサン。そのチビのオッサンの少し後ろにモジャモジャの蓬髪《ほうはつ》の大男が立っている。遠目に見ると、絵に描いたような凸凹コンビだ。

「気ィつけろよ」

凸凹コンビから醸し出されるヤバそうな気配を早くも嗅ぎ取ったのだろう、男鹿が瀬尾に注意を促した。

「海老原みたいな小物とは一味違うぞ」

「分かってますって」

瀬尾は自分の声が硬くなっているのを感じた。

カートがクラブハウスのすぐ前まで来ると、凸凹コンビが動いた。カートから降りた男鹿と瀬尾の元にゆったりとした足取りでやって来る。

凹の方のハゲでチビのオッサンは、くたびれたスーツにヨレヨレのネクタイを緩めに締め、一杯引っ掛けてきたかのような赤ら顔。その丸い顔にニコニコと笑顔を浮かべている。海老原オーナーの明らかな愛想笑いとは違う、本当に人の好さそうな笑顔。見るからに好々爺《こうこうや》といった印象だ。だが、瀬尾には、その好印象が逆にこの男の闇の深さを感じさせる物に思われた。

その好々爺が「どうも、どうも」と笑顔を浮かべながら近づいて来た。

「このクソ暑い日に、いやはや、ご苦労さんです」

男鹿と瀬尾に労《ねぎら》いの笑顔を向けながら、ヨレヨレのスーツの懐に手を突っ込む。

「私、海老原氏の顧問弁護士をやらしてもろうとります――」

名刺入れから名刺を出すと、男鹿の前に差し出した。

「赤松いうもんです」

男鹿の貰った名刺をチラリと覗き込む。厚手の紙に『赤松法律事務所　弁護士　赤松和一郎』という印字が見えた。その傍らに天満にあるらしい弁護士事務所の住所と電話番号が記されている。

確かに改めて見ると、赤松のヨレヨレのスーツの胸元には、金色のヒマワリの中心に銀色の天秤が配されたバッジ、いわゆる弁護士バッジが鈍く光っている。もっとも本物かどうかは分からないが。それでいうと「海老原の顧問弁護士」というのも怪しい。おそらく正しくは「加納の顧問弁護士」なのだろうな、と瀬尾は直感した。

「――で、こっちのデカいのがウチのアシスタントの土門ですわ」

と、赤松はすぐ後ろに控える大男を指して言った。土門が蓬髪の頭を少しだけ下げた。

が、鋭い目は睨むように男鹿と瀬尾を見据えたままだ。一応、スーツにネクタイを締め、頑強過ぎる肉体を隠しているつもりなのだろうが、全く隠し切れていない。プロレスラーが無理やりスーツを着ているような違和感がある。

弁護士のアシスタントと言っても、彼は机で書類を作る類のアシスタントではないのだろう。依頼人にとって都合の悪い証人や目撃者を黙らせたり、消したりするタイプのアシスタントである事は、法曹界に疎い瀬尾にも容易に想像できた。

いくら猛獣をも相手にする男鹿とはいえ、この土門を相手にするとなると、勝てるかどうか。猛獣より危険かもしれない。

で？　そちらは？　と赤松が男鹿と瀬尾の方に目を向ける。

こっちも自己紹介しろ、という事なのだろう。

先程クラブハウスで受付嬢に対した時と同じように男鹿が懐から警察手帳を出し、中身を開いて見せる。

「大阪府警刑事部捜査二課の藤堂や」

凡蔵の用意してくれた偽の肩書と偽名を名乗る。

瀬尾も男鹿に倣って急いで警察手帳を出し、開く。

「同じく瀬――」

本名の方を言いそうになってしまい、慌てて言い直す。

「中田です」

――しまった。相手に気を取られ過ぎていたのがいけなかったのか。やってしまった。自分の名前を間違える馬鹿がどこにいる？

案の定、不審に思ったのか、赤松が怪訝そうな目で瀬尾の方を見てきた。後ろに控える土門も鋭い目で瀬尾の顔をじっと見てくる。

瀬尾は、自分の顔面が一気に熱くなってくるのを感じる。

呆れたような目で男鹿が瀬尾を睨みながら、口の端を歪めて言う。

「こいつ、最近結婚して婿養子に入ったばっかりでな、まだ自分の名字も言い慣れてへんのや」

男鹿のフォローに愛想笑いを浮かべる。自分でも笑顔が引き攣《つ》っているのが分かる。

「いやあ早速、尻に敷かれてますわ」

気の利いた返しをしたつもりが、声まで上擦っている。最悪だ。

そんな瀬尾の様子を怪しむなという方が無理だ。赤松が妙な事を言い出した。

「……警察手帳、もっぺん確認させてもろても宜しいですか？」

「あ？」男鹿が赤松を睨む。

赤松は「いやいや」とニコニコ笑顔の前でパタパタと手を振り、

「気ィ悪くせんといて下さい。念のためです。ほれ、たまァにおりますやろ。恐れ多くも警察の名ァ騙《かた》って人の私有財産騙《だま》し取ろういうけったいな連中が」

赤松はチラとカートに入ったアロワナたちの方に目を遣る。

瀬尾は気づかれないようゴクリと唾を呑んだ。

「なァに。ちょいと確認させて貰うだけです。それとも何ですか？　詳しく見られたら困る事でもあるんですか？」

語調はあくまで穏やかなままだが、有無を言わせぬ押しの強さ。好々爺の裏にある本性が透けて見える。やはり厄介な相手のようだ。

男鹿が苦笑しながら応じる。

「分かった。よう見てみい」

と、赤松に警察手帳を開いて見せる。

男鹿は瀬尾の方を振り向くと、もう一方の手で瀬尾の警察手帳をひったくった。

「ったく、お前のせいで妙な疑いかけられたやないか」

不機嫌そうに赤松の眼前に瀬尾の警察手帳を開いてみせる。実際、演技ではなく、本当に不機嫌なのかもしれないが。

赤松は魚を思わせるようなギョロリとした目で二つの警察手帳をじっと覗き込んでいる。

土門の方は赤松と共に手帳を覗き込むような事はせず、ただじっと立っているのがかえって不気味な感じがする。

さらに土門の奥、クラブハウスの裏口付近の窓から、明らかにその筋の方々と思しき四、五人の男たちの姿も窺える。おそらく赤松と土門と一緒にやって来た加納の手下どもだろう。男鹿と瀬尾が偽刑事だと分かり次第、突入してくる手筈になっているに違いない。もしもそうなったら、いくら男鹿が喧嘩が強くても、いくら瀬尾の逃げ足が速くても、さすがに逃げ切るのは難しい。

瀬尾の不安を見抜いたかのように、赤松が男鹿に尋ねる。

「手に取って触ってみても？」

男鹿が了承するより早く、赤松は警察手帳を手に取り、さらに詳しく調べ始めた。手帳の革の手触りを確かめたり、表紙に刻まれた「大阪府」という金の印字を指で撫でてみたり、凝視してみたりしている。

瀬尾はそんな赤松の様子をただじっと見つめて待つ事しかできない。あとは凡蔵の腕を信じて祈るだけだ。

永遠とも思える時間が流れる。

バレる事を覚悟した瀬尾が逃走ルートをシミュレーションし始めた時、ようやく赤松が顔を上げた。そして言った。

「なるほど。どうやら本物のようでんな。えらい失礼しました」

——凡蔵万歳、だ。

いやあ、長年こういう仕事してると疑り深くなっていけませんなあ、などと赤松が言い訳がましくブツブツ謝りながら、男鹿と瀬尾に警察手帳を返す。

「何なら令状も確認するか？」

警察手帳の件で自信を深めたのか、男鹿が余裕を見せる。

が、赤松は「ええです、ええです」と苦笑しながら手を振る。

「ま、とにもかくにも、海老原氏もあのアロワナがまさか密輸されたモンとは知らなかったいうんです。そうでっしゃろ？」

と、赤松は今まで存在感を消すように後ろに控えていた海老原に目を向ける。

海老原がブンブンと夢中になって首を縦に振る。

赤松が堂々とした調子で続ける。

「登録済みのモンや思て買うたそうですわ。熱帯魚を売っとる業者からね。せやから、言うたら海老原氏も被害者な訳でしてね、ええ――」

なるほど。上手い言い訳だ。全てはその業者のせいという事にするつもりらしい。もちろん、そんな業者など存在しない。そうやって架空の人物に罪を着せ、自分たちは罪を逃れようという作戦のようだ。叩けばいくらでもホコリが出て来そうだが、今はそんな論争をしている場合ではない。とにかくここを脱出する事だ。ボロを出さない内に。一刻も早く。

「分かった、分かった」

喋り続けている赤松を制するように男鹿が言った。

「心配せんでも、詳しい話は後でゆっくり聞いてやるよって――」

男鹿が次の作業に移るような素振りを見せる。

「まァまァ」赤松が男鹿を遮る。

「そう急ぐ事はないやないですか。海老原氏も自分の不覚を反省してますし、悪気があってやった事やない。なのに、まるで子供らのように、そらァ大事に可愛がってきたペットを取り上げられるなんて、あんまりにも哀れやないですか」

赤松の口調が浪花節になり始める。

「こんだけのアロワナを育てて維持してくいうんは相当な労力と金がかかってる事でっせ。どうですか。あんまり大きい声では言えませんがね、ここは見て見ぬフリして見逃してあげるのが人情や思いませんか」

さすがに弁護士だ。弁が立つ。

男鹿が黙っていると、赤松が微笑みかける。

「もちろんタダとは言いません」

ハッキリと明言はしないが、賄賂《わいろ》で買収しようというのだ。

――無駄だ。

瀬尾は心の中で呟いた。本物の刑事ならともかく、男鹿に通用するはずがない。

「アカンな。見逃す訳にはいかへん」

にべもなく男鹿が言い放った。

「まァまァ、そんな事言わずに」

しつこく食い下がる赤松を男鹿は相手にしない。

「とにかく今は、そいつらを早よう回収するよう上から言われとるんや」

男鹿はアロワナの方を見遣った。

「絶滅危惧種やからな。ワシントン条約は知ってるやろ」

「そら、知ってますけどな」苦虫を噛み潰したような赤松。

ワシントン条約――法律にはさほど詳しくない瀬尾でも聞いた事はあった。確か、絶滅の恐れがある野生動物を守るために世界中で適用されている条約。アロワナもその対象動物に指定されているのだ。

「トロトロしてたら国際問題に発展しかねない事やからな。これ以上大事になるんは、そっちとしてもアカンやろ」

もっともらしい男鹿の言葉に、赤松も渋々といった調子で言葉を捻り出す。

「……仕方ありませんな」

「台車を用意してくれたら助かるんやけどな。そいつらを駐車場まで運ぶのは難儀そうや」

土門が、調子に乗るなよ、という顔で男鹿を睨みつけてきたが、赤松がそれを制する。

「分かりました……おい、台車や」

赤松に命じられ、土門が露骨に不満顔を浮かべる。

「何してる？　ほれ、早よせんか」

赤松にせっつかれ、ようやく土門が裏口へと下がっていく。

瀬尾は心の中で深く安堵のため息をついた。

——よし。危機は乗り越えた。もう少しだ。

土門たちの用意してくれた二台の台車にアロワナの入った水槽を乗せ、クラブハウスを抜けて、ジープの停めてある駐車場へと向かう。

ロビーのリノリウムの床を、男鹿と瀬尾の押す二台の台車が軽快に走っていく。

台車を押す瀬尾の手にアロワナたちの重みが伝わって来る。だが、嫌な重みではない。手応えにも似た、心地良い重みだ。

男鹿と瀬尾の後ろを恨めしそうに赤松と海老原がついて来る。土門と従業員たちが遠巻きに瀬尾たちの方を見ている。先程見えた加納の手下たちの姿は見えないが、おそらくどこかから悔しそうに見ているはずだ。あるいは、親玉である加納の怒りが自分たちに向くのを恐れ、戦々恐々としているのかもしれない。結局、最後まで加納とは顔を合わせずに済みそうだ。

　走り出したくなる気持ちを抑え、落ち着いた足取りでクラブハウスの出口へと向かう。自動ドアの向こうに見える駐車場のアスファルトが太陽の光を反射して白く輝いている。その白の中に、アザミの待つジープが見えた。

　――もう少しだ。

　台車に反応し、自動ドアが開く。蟬の声が高まり、外の熱気が一気に押し寄せて来た。太陽の光が降り注ぐ駐車場へと、瀬尾たちは歩みを進めようとする。

「お疲れさんでした」

　赤松の労いの言葉に振り向く。赤松の顔には諦めの表情が見える。遠くの土門もなす術《すべ》なく立ちつくしているだけだ。

　――勝った。

　瀬尾は心の中でガッツポーズする。

「藤村さんによろしゅうお伝え下さい」

　何気ない調子で赤松が言った。

「？」瀬尾は思わず怪訝な顔を浮かべる。赤松が苦笑する。

「あきまへんなあ。上司の名前を忘れたら」

「…………」

「藤村正臣二課長の事ですよ。ほれ、最近お父上を亡くされましたやろ」

どうやら捜査二課長の藤村という男と、この赤松は顔見知りらしい。

――危なかった。捜査二課長の名前までは押さえていなかった。

男鹿も想定外だったらしい。不意を突かれたような顔をしている。

瀬尾は動揺を悟られないよう気をつけながら口を開いた。

「分かりました。藤村課長にもよろしゅう言うときます」

その瞬間――空気が凍りついたのが分かった。

ニコニコと細めていた赤松の目がギョロリと見開き、その口の端に不気味な笑みが零れた。

戸惑う瀬尾に対し、赤松がドスの利いた低音を響かせる。

「藤村正臣は二課長の名前やない。ウチの若いモンの名や」

――しまった。このオッサン、カマをかけていたのか。

赤松の罠《わな》にまんまと引っ掛かり、瀬尾は浮き足立った。

「貴様ら、警察やないな！」

赤松の怒声がロビーに響き渡った。

と同時に、土門が動いた。大きな体をうならせてこちらに突進してくる。

土門だけではない。物陰に潜んでいたチンピラどもも一斉に飛び出してきた。皆、鬼のような形相で雄叫びを上げながらこちらに向かって走って来る。中には金属バットやドスなどの武器を持っている者もいる。

男鹿が舌打ちし、瀬尾に小さく叫んだ。

「逃げるぞ」

男鹿が台車のスピードを一気に上げた。凄い勢いで駐車場へ出て、停めてあるジープへと向かう。

瀬尾も慌てて続こうとする。

が、突然台車が止まった。

車輪が自動ドアの凹みにとられてしまい、前に進めなくなったのだ。

——クソ！

振り返ると、土門の怖ろしい形相が迫って来ている。

「アホ！　何してる！」

怒鳴りながら男鹿が自らの台車から離れて、瀬尾の方へ戻って来た。

男鹿と瀬尾が共に台車を押し、自動ドアの凹みを乗り越える。その衝撃で水槽の中の水がいくらか零れた。

「早う！」

男鹿と共に、車輪が溶けそうな熱いアスファルトの上を、台車を押し、ジープを目指して全力疾走する。

――と、背後で凄い物音。

振り返ると、自動ドアの付近で転倒している土門が見えた。

どうやらさっき水槽から零れた水に足を滑らせたらしい。勢い良く突っ込んで来た分、ダメージも大きかったと見え、悶絶《もんぜつ》している。

「急げ。今の内や」

男鹿と瀬尾はさらにスピードを上げた。

走る、走る、走る。

台車の上の水槽がガタガタ揺れている。ここで水槽を地面に落としてしまったら、完全にアウトだ。しかしスピードを落としている余裕はない。とにかく水槽が落ちない事を祈って走りに走った。

異変を察知したらしく、ジープの中からアザミがこちらの様子を窺っているのが見えた。

驚きの表情を浮かべているアザミに向かって男鹿が叫ぶ。

「エンジンかけろ！」

アザミが頷き、エンジンをかける。

悶絶していた土門が立ち上がった。後続の手下どもと共にこちらへ迫って来る。

男鹿と瀬尾が何とかジープまで辿り着く。

アザミが運転席から降りてくる。

「どうなってるん⁉」

「説明は後や。手伝え」

三人で協力してアロワナの入った水槽をジープの荷台に載せる。

「他の車のタイヤに穴開けといたか？」

急いで作業しながら男鹿が早口でアザミに訊いた。

「うん。バッチリ」

よし。これで奴らが車で追う事はできない。ジープに乗って走り出しさえすれば逃げ切れるはずだ。

アロワナの入った水槽を積み終える。

土門たちはすぐそこ——五十メートル手前まで迫っている。

「乗れ、早う！」

アイドリングしているジープの運転席に男鹿、助手席に瀬尾、後部座席にアザミが飛び乗る。

土門たちが勢い良く突っ込んで来る。

アザミが後部ドアを閉めるより早く、男鹿がジープを発車させた。

タイヤを軋ませながらジープが一気にバックする。

すぐ近くまで迫っていた土門たちの姿が一気に遠ざかった。

ジープはスリップするように高速で方向転換すると、猛スピードで駐車場の出口へと疾走していく。

土門や男たちが急いで停めてある車に向かうのが見えた。だが、すぐに車のタイヤがパンクさせられているのに気づいたらしい。怒りに任せて車体を蹴っているのが見えた。

後部座席のアザミと目が合い、微笑み合う。

——やった！


そう思った時だった。

視界の片隅に、凄い勢いで突っ込んで来る巨大な黒い塊が見えた。

次の瞬間、体全体に響くような、強い衝撃。

天地がひっくり返る。

それきり何も分からなくなってしまった——。

11　ノコギリと白い手首

冷水を顔面にぶっかけられ、瀬尾は咳き込みながら目を覚ました。咳をする度、頭に、首に、背中に、腰に——とにかく体中に重い痛みが走る。横たえられた床の上で瀬尾は身悶えた。

それでも何とか顔を上げると、バケツを持った男の姿が見えた。

周囲には、瀬尾の苦しむ様子を見て嘲笑している数人の男たち。初めて見る顔もあるが、見知った顔もある。海老原カントリー倶楽部にいた連中だ。加納の手下たち。中には赤松や土門の顔もある。

瀬尾は目だけを動かして辺りを見回した。

薄汚れたコンクリートの壁、錆《さび》の目立つ鉄柱、天井には今にも寿命の切れそうな裸電球が点いている。棚の上に水槽が置かれ、その中で悠々とアロワナが泳いでいるのが見える。ガレージくらいの広さはあるが、窓はないようだ。加納の所有するどこかの建物の地下室なのだろう。

どれくらい意識を失っていたのか……窓がないので、今が昼なのか夜なのかさえ分からない。

痛みを堪えて体を動かそうとすると、身動きできない事に気づく。結束バンドで後ろ手に手首を縛られ、足首も縛られているようだ。

首を曲げてみると、傍に男鹿とアザミの姿があった。二人とも瀬尾と同じように手足を縛られ、床に転がされている。

その男鹿とアザミにも順番に水がかけられる。二人とも咳き込みながら目を覚ます。良かった。二人とも生きているようだ。とりあえず、まだ今の所は。

瀬尾は必死に思い出す。

そうだ。三人の乗ったジープはゴルフ場の駐車場から出ようとしていた。確かその時、巨大な黒い塊が横から突っ込んで来て——。

「結構しぶとい連中やな」

男たちが話しているのが聞こえた。

「トラックに激突されたら、普通全員即死やで」

そうか。あの巨大な塊はトラックだったのか。どうりで体中痛い訳だ。もしかしたら骨の何本か折れているかもしれない。トラックに激突された後、瀬尾たちは三人揃ってこの地下室に運び込まれたようだ。

「……大丈夫ですか？」

瀬尾が小声で男鹿に訊いた。

「これが大丈夫に見えるか？」

男鹿の顔には切り傷やら擦り傷やらがたくさん刻まれていて、かなり痛々しい。スーツは脱がされたのか、白いワイシャツに血の痕らしい赤茶色のシミが、大小かなりの数ついているのが見える。

瀬尾の記憶が確かなら、トラックは右側から突っ込んで来て、ジープの前方に激突したはずだ。つまり、右側前方の運転席にいた男鹿が最も大きなダメージを負った事になる。生きているだけでも不思議なくらいだ。どれくらい重傷なのかは見た目だけではよく分からない。

「そっちは？　大丈夫か」

アザミに目を向けると、何とか頷いた。声を出すのも億劫《おっくう》なようだ。細かい傷は多少あるものの、幸い顔も含めて体に大きな傷は見られない。ただ、大きな衝撃を受けた事は確かなはずで、あるいは脳や内臓にダメージを受けているのかもしれない。本来ならすぐにでも病院に行くべき所だが、どうもそういう訳にはいかない状況のようだ。

「何をこそこそ喋ってる」

バケツを持った男に鳩尾を蹴られ、一瞬息が止まった。

体をくの字に折り曲げて激しく咳き込む。周囲の男たちの囃《はや》し立てるような声が耳障りに響く。

「やめて」振り絞るようなアザミの声が響いた。

男たちの耳障りな声が止んだ。彼らの顔に卑しいニヤニヤ笑いが浮かぶ。

「何やと?」

バケツ男がアザミの傍らにしゃがみ込み、その髪を引っ張って顔を上げさせる。アザミが痛みに顔を顰《しか》めながらも、鋭い目で男の顔を睨む。

「何や、その目は」

「…………」じっと睨み続けるアザミ。

と、バケツ男が突然顔を歪めて自らの鼻をつまんだ。おどけながら言う。

「くっさ。どうも臭い思うたら、匂いの元はお前か。誰か消臭剤買うてきてえ」

バケツ男の悪ノリに、周囲の男たちが笑い声を上げる。今どき小学生でもやらないような、頭の悪い侮辱の仕方だ。アザミも今までそういった侮辱は散々受けてきたのだろう、相手にする事もなく、ただ黙ってバケツ男を睨み続けている。

その態度が気に障ったのか、バケツ男がアザミを押し倒し、馬乗りになった。男たちが囃し立てる。

――クソ。

瀬尾は結束バンドを外そうともがくが、どうにもならない。

アザミの上に馬乗りになったバケツ男が、アザミに顔を近づける。

「言うとくが、叫んでも騒いでも無駄やぞ。ここは完壁に防音された地下室や。声を上げた所で誰にも届かへん」

――やはりそうか。ここは拷問部屋だという事らしい。もっとも、拷問だけで済めばいいが……瀬尾は三つ並んだ死体を想像して、胃がむかつき始める。

「正に〝自由の園〟や」

バケツ男が下卑《げび》た笑みを浮かべながら、アザミのワイシャツの上から胸のふくらみを鷲摑みにし、揉みしだく。男たちの声が一段と高まる。だが、アザミも負けてはいない。蔑むような微笑を浮かべ、

「可哀想にな。その顔じゃ無抵抗な女相手にしかできひんのやろ」

バケツ男の顔から笑みが消える。その拳がアザミの頬の辺りを捉えた。

鈍い音がし、アザミの上体が吹っ飛ぶ。男たちの囃し立てるような声。

「こらこら、やり過ぎたらあかんで」

赤松に窘《たしな》められ、男たちの声がピタリと止んだ。

「まだ訊かないけん事があるさかいな……それにや、あんまりやり過ぎて若頭の愉《たの》しみ奪ってしもうたら、今度は君らの方こそ危ないで」

赤松の口から〝若頭〟という言葉が出た瞬間、手下どもの間にピリッと緊張感が走ったのが分かった。若頭とは、おそらく加納の事だろう。彼らは明らかに加納の事を怖れている。身内にさえ怖れられている加納の〝愉しみ〟がどんな物かを想像してしまい、瀬尾は全く愉しくない気分になる。

その時、錆びた蝶番《ちょうつがい》を軋ませながらドアの開く音がした。

手下ども皆が入口の方を見る。彼らがハッと息を呑むのが分かった。

何者かが部屋に入って来る気配がある。皆の表情が一気に緊張するのが見える。下っ端どもだけではない。赤松や土門でさえも緊張している。

「お疲れ様です、若頭」

土門が頭を下げた。彼の声を初めて聞いた気がする。

土門に倣って男たちが一斉に頭を下げ、大声で同じ挨拶を口にする。

瀬尾は首を曲げ、顔を上げた。何人かの男たちがこちらに向かって歩いてくる。加納と彼に付いているお供の者たちだろう。立ち振る舞いや身に着けている物から、どれが加納なのかはすぐに分かった。

黒いスーツに黒いワイシャツ、黒いネクタイ、そして黒い革靴。全身黒で固めた加納のそれらは、一目で一級品だと分かる。そして襟元に光る代紋バッジ。倹約家という噂ではあるが、かける所には金をかける人物なのだろう。お供の一人に持たせている黒革の鞄も高級品のようだ。

綺麗に整えられた黒髪の下に、眼鏡をかけた顔が見える。四十代くらいだろうか。あるいは、もっと若いかもしれない。眼鏡に遮られて、その目に宿る感情というものが見えない。何を考えているか分からない不気味さがある。

その感情の見えない顔で加納が訊いた。

「どないや？　ちゃんと生きてたやろ？」

顔だけでなく、声からも感情が見えない。

「さすがですわ、若頭」

「力の加減を分かってらっしゃる」

「普通トラックで突っ込んだら、皆殺してしまいますわ」

手下どもが口々におべんちゃらを言う。どうやらあのトラックは若頭直々の運転だったらしい。実に光栄な事に。

「当たり前や。ウチを誰や思うてる」

加納は女のように自分の事を「ウチ」と言うらしい。女々しい、というより不気味だ。ただひたすらに。

「暴力を闇雲に使うんは三流や。一流は最小限の力で、最も効果的に暴力を使う」

格言めいた事をもっともらしい語調で口にする。自分は一流だという事らしい。トラックで突っ込むのが「最小限の力」というのは違う気もするが。

「アロワナは無事やったんですか」

土門の質問に加納が答える。

「当たり前やろ。それとも何か？」

加納がジロリと土門に目を遣る。

「ウチがトラックで突っ込んだせいでアロワナが死んだとでも思うてたんか？」

感情の伝わってこない目、淡々とした口調。それがかえって底知れない怖ろしさを醸し出している。土門の巨体が震え上がっているのが瀬尾にも分かった。

「いえ、そないな事は……すみません」

加納が鼻で笑い、瀬尾たちの方へと足を向けた。手下たちがサッと道を開ける。瀬尾たちの目の前まで加納がやって来る。近くで見ると、彼の醸し出す不気味さがより直截《ちょくせつ》に伝わって来る。

加納が、さて、と瀬尾たちを見下ろす。

目が合うと、何かゾワッとした物が体中を駆けずり回る。

加納が、瀬尾、男鹿、アザミと値踏みするように目を移していく。

「誰に頼まれたんや？」

加納が誰にともなく訊いた。どうやら加納は、瀬尾たちのバックにどこかの犯罪組織がついていると思っているようだ。

——悪くない展開だ。

どんな組織がバックについているのか分からない限り、加納は瀬尾たちに迂闊《うかつ》に手を出せないからだ。上手くはぐらかし続ける事ができれば、何とかなるかもしれない。絶望的な状況である事に変わりはないが、まだ希望は残されている。

男鹿やアザミも同じ考えに至ったのか、瀬尾と共に口を噤《つぐ》んでいる。もっとも、二人は、瀬尾がアロワナを奪おうとするに至った本当の経緯を知らない。単純に、アロワナの餌にするため殺された動物たちの復讐だと思い込んでいる。だから、誰に頼まれた、と訊かれても答えようがないだけなのかもしれないが。

沈黙している瀬尾たちに、加納がため息をついた。

「素直に喋れば、すぐ終わる」

鞄持ちをしていたお供の男が、持っていた黒革の鞄を開ける。医師が往診用に持ち歩いているような鞄だ。中に様々な種類の刃物類が並んでいるのが見える。もちろん人を治すための物ではないのだろう。刃物類の他にも、金槌やペンチやノコギリ、見た事もない危なそうな道具もある。拷問道具一式といった所か。

——だが、と加納が鞄の中に手を伸ばす。

「長引けば長引くほど苦痛が増す事になる」

加納が鞄から手を出した。その右手には金槌が、左手には五寸釘が何本か握られている。持っている道具自体は日曜大工だが、もちろんそんな風には見えない。良くて、藁人形に釘を打ちつけようとしている女だ。

「ウチもそないな事は望んでへん。君らと同じようにな」

言葉とは裏腹にその口調には嬉々としたものが混じっているような気がするのは、気のせいだろうか。

「ええか。世の中には二種類の人間しかおらん。使える人間と、使えへん人間や。さて、君らはどっちかな」

誰にともなく話しながら、加納が、瀬尾、男鹿、アザミと、順に目を遣っていく。獲物を選んでいるのだ。瀬尾は思わず目を伏せた。

加納が目を留めた雰囲気を感じ、瀬尾は顔を上げた。

加納の視線の先にいたのは……男鹿だ。こちらも加納の目をじっと見据えている。

獣が二頭、睨み合っている——瀬尾はそう感じた。

加納が手下どもに目で合図する。頷いた手下どもが、床の上に横たわっている男鹿の元に駆け寄り、身動きできないよう体を押さえつけた。男鹿は特に抵抗する事なく、されるがままにしている。だが、目だけは鋭く加納を見据えたままだ。

金槌と五寸釘を持った加納が、男鹿の前にしゃがみ込む。左手で釘を男鹿の首の後ろに当てた。

――マズい。下手すれば命に障る場所だ。

加納には躊躇がない。無表情に金槌を振り下ろそうとしている。

瀬尾は何か言おうとする。が、喉が硬直したように声が出ない。

振り下ろされる金槌。瀬尾は思わず目を背けた。その時。

「やめて！」

アザミが叫んだ。振り下ろされようとした金槌が止まり、皆の視線がアザミへと向けられる。

「瀬尾さん、かんにん」

瀬尾と目を合わさず、アザミがか細い声で呟いた。

怪訝に目を向ける加納に対し、アザミは声を震わせながら告白する。

「うちらは誰かに頼まれた訳やない。ただ復讐したかっただけや」

「復讐……？」

加納が立ち上がり、アザミの方へゆっくりと歩み寄る。アザミが思わず目を逸らす。

「どういう事や？」

アザミの顔を覗き込む。アザミも逸らしていた目を戻し、加納の顔をしっかりと見据える。

「殺された動物たちの復讐よ」

「……動物たち？」

「アロワナのためにあんたらに殺された動物たちよ」

「……分からんな。何の事や？」

「殺したんでしょ？　皆が飼ってる犬や猫たちを。あのアロワナの餌にするために」

アザミが加納に真剣な眼差しを向けた。加納も真剣な表情で見つめ返す。

――と、加納が口を開いた。

「何の冗談や？」

「え……？」

「そんなアホみたいな嘘でシラ切り通せる思うてるんか」

思わずアザミが瀬尾を見る。アザミの目が瀬尾に問いかけてくる。

「だって――」

――どういう事？

傍らの男鹿も瀬尾に目を向ける。

答えられるはずもない。耐え切れずに瀬尾はただ目を伏せた。

瀬尾たちの間で交わされた無言のやり取りを、加納は仲間たちの間で交わされた秘密の合図とでも思ったようだ。

バックについている人間が誰なのかを隠すために適当な出鱈目《でたらめ》を並べ立てている――アザミの言動をそう解釈したらしい、加納の目に凶暴な光が宿る。

「ウチらをコケにした罪は重いで」

鞄持ちが再び拷問道具の詰まった鞄を開ける。立ち上がった加納は金槌と五寸釘をそこにしまい、代わりにより大きな凶器を取り出した。鮫の歯のようにびっしりと並んだギザギザの刃が、血を求めるように光っている――ノコギリだ。

瀬尾はゴクリと唾を呑んだ。

禍々しい凶器を持った加納が目で指示をする。手下どもは頷き、アザミの元へ駆け寄ると、強引にアザミを抱き起こした。アザミが怯えた目でノコギリを凝視している。

「まずは左手から頂こうか」

手下どもが、アザミの手首から結束バンドを外す。嫌がるアザミを無理やり跪《ひざまず》かせ、両側から引っ張るようにして左腕を出させた。

アザミの腕の無垢《むく》な白さが、瀬尾の目に突き刺さる。

その白い腕に、加納がまるで木材を切断するかのように、ノコギリの刃を当てた。アザミの白い腕に赤い血が滲む。

「やめろ！」

我慢できずに瀬尾が叫んだ。

ノコギリを引きそうになっていた加納が手を止め、瀬尾の方を見る。冷ややかな視線に怖じ気づきそうになる。が、腹の底から絞り出すようにして声を出した。

「他の二人は、俺が金で雇うただけの人間や。何も知らん。やるんなら俺や。俺をやってくれ」

――これ以上、自分のせいで人が傷つくのは、とてもじゃないが、見ていられない。偽らざる気持ちだった。

「嘘つけ」「格好つけんな」「時間稼ぎやろ」

手下どもから次々と野次が飛ぶ。が――。

「うるさい。黙れ」

加納の底冷えするような声が、雑音を消した。

ノコギリを手にした同じ姿勢のまま、加納はじっと瀬尾の目を見つめてくる。瀬尾の発言が真実かどうか、その信憑性《しんぴょうせい》を見極めているようだ。瞳の奥を覗き込まれているような感覚に陥りながら瀬尾も加納の目を見返す。

しばらく睨み合った後、加納が口を開いた。

「……君一人の企みとは思えへん。バックに誰がおるんや？」

いっその事、全てを正直にぶちまけてしまおうかと思った。ヤクザの事務所に盗みに入って捕まった事、裕次郎を人質にとられ、加納のアロワナを盗むしかなくなってしまった事、そして男鹿とアザミをずっと騙していた事……。

「もう一度聞く。バックに誰がおるんや」

だが、加納の感情のない目に見据えられ、瀬尾はハッとなる。そうだ。加納は「超」がつく程の経済ヤクザなのだ。「使える人間」はとりあえず生かしておくが、用済みになった「使えない人間」は、すぐに切り捨てられる。

今、加納が求めているのは真実だ。そして、それを持っているのは瀬尾だけだ。つまり、瀬尾が真実を吐き出した瞬間、瀬尾は用済みとなってしまう。そうしたら、加納は瀬尾を躊躇なく殺すだろう。瀬尾だけではない。男鹿も、アザミも。そして、それは同時に裕次郎の死をも意味するのだ。

瀬尾が希望を残せる道は唯一つ。やはり、ひたすら黙って耐えるしかないのだ。

「若頭が訊いてるんや。質問に答えんかい」

赤松の声も無視し、瀬尾は沈黙を続ける。

加納は瀬尾をじっと見ていたが、フッと視線を外した。

「なるほど。君はどうやったら生き残れるか、よう分かってるみたいやな」

——見透かされている？

「君みたいなけったいな人間には、こうするのが一番や」

薄ら笑いを浮かべながら、加納はアザミへと目を向けた。その白い腕、手首の付近に再びノコギリの刃を当てる。

「何してる。その人は何も知らん言うてるやろ」

瀬尾の言葉に、加納が口の端を歪める。

「だからこそや。君みたいな人間に直接的な暴力振るうても効果は得られへん。せやから、ウチはこうするんや」

加納が一気にノコギリの刃を引いた。

アザミの腕から鮮血が噴き出す。アザミの悲鳴が痛々しく響いた。

瀬尾は正視できず目を逸らした。傍らの男鹿が目に入る。

男鹿はただ黙ってアザミを見つめている。そこには何の感情も窺えない。激情を押し殺しているのか、それとも、男鹿も加納と同じ冷血動物なのか。

加納は手を止めない。木材を切る要領でノコギリを押しては引き、押しては引き、アザミの腕を切っていく。

グチグチグチグチグチグチグチグチ――ノコギリの刃が、アザミの皮膚を、肉を、筋線維を、腱を、切断していく。アザミの腕があり得ない方向に曲がっていく。もうアザミの体の一部ではなく、何か別の物体のように見える。傷口は噴き出し続ける血のせいでよく見えない。ノコギリの刃がアザミの血と脂でヌメヌメと光っている。

初めの内は歓声を上げていた手下どもも、あまりの凄惨《せいさん》さに言葉を失っている。

もともと白いアザミの顔が、みるみる内に血の気を失っていく。赤い鮮血が飛び散っている真っ白な顔に玉のような汗が浮かんでいる。息も絶え絶えの様子だ。

虚《うつ》ろになっているアザミの目と目が合い、瀬尾は思わず顔を背けた。何も見ないように目を瞑る。だが、耳を塞ぐための両手は結束バンドで縛られていて、ノコギリの刃がアザミの腕を切り裂いていく音と、アザミの呻き声が容赦《ようしゃ》なく耳に入ってくる。やがて刃はアザミの骨にまで達したらしい。グチグチグチという肉を裂いていく音に加えて、ゴリゴリゴリゴリという骨を断つ音まで聞こえてきた。呻き声は止んだ。アザミはあまりの激痛と大量の出血によって意識を失ったようだ。ただひたすらに肉を切る音、骨を断つ音だけが響いている。

何かが地面に落ちる、ゴトリ、という音と共に、それも聞こえなくなった。

瀬尾は恐る恐る目を開けた。

夥《おびただ》しい量の血だまりの中に、アザミの白い手が無造作に転がっている。その傍らでアザミが涙と血と汗にまみれ、ぐったりしている。息はしているようだが、呼吸は浅く、顔面は蒼白だ。

ノコギリを置いた加納が、血だまりの中のアザミの手を拾い、水槽に向かって放り投げた。アザミの手は綺麗な弧を描き、アロワナの泳ぐ水槽の中に水飛沫を上げて飛び込んだ。泳いで来たアロワナがそのアザミの手をついばみ始める。

瀬尾の喉元に酸っぱいものが込み上げてくる。

続いて加納が鞄の中から取り出したのは、ガスバーナーだった。

瀬尾だけでなく、赤松や土門ら加納の手下たちまでもが、ひっ、とたじろぐ。加納は、こんな事も知らないのか、というように鼻で笑い、

「心配すんな。止血するだけや」

そして、バーナーの先から出ている青い炎を、アザミのグロテスクな真っ赤な傷口に押しつけた。ジュッという音と共に白い煙が発生し、人間の肉が焼ける嫌な臭いが地下室中に充満し始める。

「どや？　これでもまだ喋らんか？」

加納が瀬尾に問いかけてきた。瀬尾は、嵐が去るのをじっと待つかのように、俯き、ただひたすら黙っている。

沈黙を貫いていると見えて、実は瀬尾は震えていた。なぜなら、その時になってようやく気がついたからだ。瀬尾は自分が失禁していることに。股間から足にかけて冷たいものを感じながら、自分の醜態に呆然としながら、ただただ瀬尾は震えていた。

そんな瀬尾に愛想が尽きたのか、単純に拷問に飽きたのか、加納が言った。

「分かった。もうええ。君ら三人とも〝処刑場行き〟や」

12 カーミング・シグナル

ガレージのような拷問部屋から出された瀬尾、男鹿、アザミの三人は、加納や手下たちに囲まれるようにして外へ出された。そこはやはり地下室だった。一階へと続く階段を上らされると、ひんやりとした無機質な廊下に出た。どこかの会社の中のようだ。その廊下をしばらく歩かされた後、外へ出された。

外は夜だった。目の前には、真っ暗な高架下が見える。少し離れた所には、煌々《こうこう》と灯りのついた駅が見える。ちょうど終電が停まっているらしく、乗り過ごさないよう注意するアナウンスが遠くに聞こえる。駅は天満駅のようだ。

天満には日本一長いと言われる商店街があり、昼間は人通りが途絶える事なく賑やかである。しかし、そこから少し離れているせいもあるだろうか、現在、目の前の道には人っ子一人いない。ただ暗闇と静寂があるだけだ。

天満は、海老原カントリー倶楽部のある能勢の山奥から一時間以上車で南下した大阪市内にある町だ。

「天満」という地名は、あの学問の神様・菅原道真を祀《まつ》って建立された大阪天満宮に由来する。菅原道真の命日にちなんで、毎年七月二十四日から二十五日にかけて盛大に行われる天神祭は、日本三大祭りの一つに数えられる程の華やかな祭だ。

そして、その天神祭と並んで有名なのが、「日本一長い商店街」と称される天神橋筋商店街である。江戸時代に日本の物流の要所として栄えた天満青物市場を中心として発達したこの長大なアーケード商店街は、南北およそ二・六キロメートルにも及び、約六百もの店舗が軒を連ねている。

近年は、オフィスビルや超高層マンションなども建ち並び、現代的な景観に侵食されている天満だが、この天神橋筋商店街を中心に、商家が建ち並んでいた古き良き時代の空気は未だそこかしこに見ることができる。

しかし、どの町もそうであるように、天満もまた、明るく賑やかな〝表の顔〟の裏には、暗い影を持っている。そして、その影の部分に根付き、棲息《せいそく》しているのが、加納たちなのである……。

瀬尾が振り返ると、暗闇の中に聳《そび》え立つ『加納産業』という看板と、貸ビルらしき建物が見えた。どうやら、ここの地下室に瀬尾たちは監禁されていたらしい。

「早よ乗らんかい」と強く促され、瀬尾たちは目の前に停められている黒のハイエースに乗り込んだ。さすがに足枷《あしかせ》は外されているものの、手首は後ろ手に結束バンドで縛られたままだ。もっとも、アザミだけは縛るべき右手首が既にないため、それは免除されているが。意識朦朧としているアザミの姿が痛々しい。

土門は瀬尾たちと一緒に乗り込んだが、加納や赤松は別の車に乗り込んだようだ。万が一、検問やNシステムに引っ掛かった時のための対策だろう。

車はゆっくりと走り出した。どこかにある〝処刑場〟へ向かって――。

瀬尾たちを乗せた車は、大阪を北上し、再び能勢方面へと向かっているようだ。周りの景色がどんどん寂しくなっていく。いつの間にか山道に入っていた道路も、どんどん悪路になっていく。空気もひんやりしてきた。その冷気が冥界から漂ってくるように思えて、瀬尾は震えた。

男鹿とアザミは、瀬尾の後ろに座らされているため、二人の様子はよく分からなかった。ただ、アザミの苦しそうな、荒い呼吸音だけが瀬尾の耳に届いていた。瀬尾は自分の呼吸まで苦しくなっていくように感じた。

瀬尾は、男鹿の心中へと想いを馳せた。

――怒っているだろうな、と瀬尾は思った。

無理もない。男鹿がアザミをどんな風に想っているかは未だに不明だが、とにかくお気に入りの女である事に間違いはないはずだ。その女が目の前であんな目に遭わされたのだ。怒らないはずがない。いや、それだけじゃない。何より、瀬尾が男鹿を騙していた事を知ってしまったのだ。男鹿のあの性格からして、加納よりもむしろ瀬尾に対して、より激しい怒りを感じているのかもしれない。

ところが、その男鹿は、大声で喚いたり悪態をついたりする事もなく、あるいは激しく抵抗するでもなく、まるで借りて来た猫のように大人しく座っているようだ。

瀬尾はそんな男鹿の様子に違和感を覚えた。〝あの〟男鹿の事だ、大いに暴れ回ってくれるかと期待したのだが……。

トラックに激突された際の傷が相当重いのだろうか、それとも、加納の常軌を逸した狂気を目の当たりにして戦意喪失してしまったのだろうか、あるいは、男鹿にまつわる噂話は誇大広告で、そもそもヤクザと互角以上に渡り合う胆力など、最初から男鹿には備わっていなかったのだろうか――。

山道を少し走った後、車は停まった。

鬱蒼と生い繁る森林の中にポツンと取り残されたような廃墟《はいきょ》だ。小さな町工場くらいの大きさはあるだろうか、壁や柱には蔦《つた》が絡まり、肝試しやホラー映画の撮影にはピッタリな、不気味な雰囲気を醸し出している。

瀬尾たちは車から降ろされ、その廃墟へと歩かされる。

元は何かの家畜の飼育場だったのだろうか、木製の柵がいくつか、スペースを区切るように設けられている。それを横目に見ながら、怪しげな木製のドアの前へと歩かされる。

土門がそのドアを開ける。お化け屋敷のような軋んだ音を響かせながら、ドアが開く。

ドアの向こうに、暗闇がポッカリとその大きな口を開けた。目を凝らすと、地下へと続く階段が伸びているのが分かる。

「ほな、行こか」

後ろから加納の声が聞こえた。それを合図に皆が地下へと下り始めた……。


地下の廊下は、今が夏というのが信じられないくらいひんやりとしている。だが、瀬尾が震えているのは、決してこの寒さのせいだけではない。

いつの間に出したのだろうか、加納の手下どもの手には、刃渡り三十センチはあるだろう出刃包丁がヌラリと光っている。どうやら加納一派共通の武器のようだ。

「包丁やないで。牛刀いうんや」

瀬尾の後ろ、最後尾を歩く加納が、瀬尾の考えている事を見透かすように言った。

『牛刀』という言葉は、レストランでバイトしている時に瀬尾も聞いた事があった。

「『牛刀』は西洋の包丁や。いわゆる万能包丁やな。拳銃なんかよりよっぽどええで。使うのに訓練は要らんし、こういう狭いトコでの接近戦では銃なんかより遥かにコイツに分《ぶ》がある。それにな、これで殺っても足はつかんし、何より安い」

まるで通販番組の司会者のような事を加納が淡々と喋っている。饒舌《じょうぜつ》だ。これから行われる〝処刑〟に興奮しているらしい。

「でも、和物の包丁やら文化包丁はアカン。肉の脂がつくと切れ味が悪うなってな」

それが何の肉の事を言っているのかは考えないようにする。

瀬尾はすぐ前を歩いている男鹿の背中へと視線を移した。

相変わらず大人しく、犬のように従順に歩いている。やはり抵抗の意思は感じられない。

クソ、このまま終わってしまうのか……？

——と、その男鹿の背中の方から、虫が何か齧《かじ》るような、かすかな摩擦音が聞こえてきた。何だ？

そしてハッと息を呑んだ。

男鹿が手に握ったごく小さな何かで、自らの手首を後ろ手に縛りつけている結束バンドを切断しようとしているのだ。

男鹿の手に握られている物が何であるかはすぐに分かった。血と脂で汚れたノコギリの刃の断片だ。おそらく加納が天満の拷問部屋でアザミの腕を切断した際に欠けたものを、男鹿が拾ったのだと思われる。

音の正体は、そのノコギリの刃が結束バンドを切っていく音だったのだ。

瀬尾は秘かにニヤリと笑った。

——やはり。あの男鹿がこのまま大人しくしていられる訳がないのだ。今までやけに静かだったのは、怪我のせいでも、戦意喪失したからでもない。反撃のために研《と》いでいる鋭い爪を隠すため。猫をかぶっていたのだ。

幸い、気づいているのは、男鹿のすぐ背後を歩いている瀬尾だけのようだ。男鹿の手枷さえ外れればチャンスは生まれるはず。誰にもバレないよう、特に最後尾を行く加納には絶対にバレないよう、瀬尾は自らの体をブラインドにして男鹿の手許を隠し、秘かに男鹿にエールを送る。

さすがに男鹿だ。後ろ手に縛られたまま、かつ歩きながら、という困難な状況に苦戦しながらも、徐々に、しかし確実に手枷を切っていく。

——頑張れ。あと少しだ。

「ちょっと待て」

男鹿の手枷を切断する作業が三分の二ほどに達した時、最後尾を行く加納がふと足を止めた。一行の足も止まり、しきりに動いていた男鹿の手も止まった。

加納が怪訝な顔で呟く。

「何か妙な音がするで」

瀬尾の心臓が早鐘を打ち始める。

――しまった。バレたか。

が、その時、廊下の先の方から妙な音が聞こえてきた。

生き物の声――犬の唸り声だ。

その声の低さ、大きさからして大型犬のように思われる。それも一頭ではない。かなりの数の大型犬の唸り声が聞こえてくる。

「あの連中でしょう」

加納の傍らで赤松が言った。加納はどこか納得いかない表情を浮かべたものの、「せやな」と再び一行を歩かせ始めた。

男鹿の行為がバレなかった事にホッと安堵する。が、それも束の間、今度は別の不安が湧いて来た。廊下の先から聞こえて来る唸り声の主たち――大型犬の集団の存在だ。

そう言えば、男鹿の手許に気を取られていて注意がそちらに向かなかったが、少し前から獣特有の異臭がしてはいた。そして歩く度にそれは強くなっていた。もしも加納の言う〝処刑場〟というのが、瀬尾の想像した通りの場所だったとしたら――瀬尾たちへの処刑は想像以上に凄惨なものになるはずだ。

瀬尾はゴクリと唾を呑んだ。

――と、犬たちは唸るのをやめ、今度は勢い良く吠え始めた。自分たちの縄張りに迫り来る瀬尾たちの存在を認識したらしい。犬たちの吠える声が、鼓膜が破れんばかりの凄まじい音量で廊下にこだまする。

そのおかげで男鹿が結束バンドを切っていく音は犬たちの声の中に埋もれ、作業ははかどっているようだ。が、廊下を進むにつれ、犬たちの吠える声がどんどん近くなっていく。バンドを切断し終えるには、どうにも間に合いそうにない。

曲がりくねった廊下の先の突き当たりに、両開きになっている鉄の扉が見えた。その重そうで厳《おごそ》かな造りは、正に「地獄への扉」と称するに相応しい物だ。さしずめ、その中にいるだろう犬たちは地獄の番犬ケルベロスといった所か。

先頭を行く土門がその地獄への扉を開けた。扉に遮られる事で抑えられていた犬たちの声が凄まじい音圧となって迫ってくる。

そして、立ち止まった男鹿の背中越しに——。

見えた。

犬だ。犬の集団だ。三十、いや五十頭はいるだろうか。囲まれた柵の中にひしめきあっている大型犬が、瀬尾たちに向かって吠えまくっている。明らかに百キロはありそうな土佐犬から、ジャーマンシェパードにドーベルマン、出自のよく分からない雑種まで、様々な犬種がいるようだ。

だが、全ての犬たちに共通している事が一つある。とにかく皆が獰猛《どうもう》そうで、狂ったように吠えている、という事だ。しばらく餌を与えられていないか、事前に興奮剤のようなものを投与されたのかもしれない。あるいは、狂犬病のような病気に罹《かか》っているのか。汚れた牙を剝き出しにして、泡立った唾液を撒き散らしながら、競い合うかのように一心不乱に吠え続けている。

『弱い犬ほどよく吠える』というが、瀬尾の目の前にいる犬たちはどう見ても弱そうには見えない。彼らの勢いと大きさの前に、木製の柵がとても頼りなく見える。

言葉を失い、竦み上がっている瀬尾の肩に、ポン、と加納が手を置いた。

「どや？　ええ眺めやろ」

ここで気の利いた台詞の一つでも返せれば、ハードボイルド小説に出て来るタフな主人公の仲間入りができるのかもしれないが、残念ながら瀬尾はこんな状況でユーモアを忘れないでいられるほどタフではなかった。

拷問部屋でバケツを持ってはしゃいでいたバケツ男が、ここでも調子に乗って瀬尾の睾《こう》丸《がん》を摑んできた。急所への攻撃に瀬尾が顔を歪める。

「何や、すっかり縮み上がってるやないか」

手下どもがこぞって下卑た笑い声を上げる。が、それはどこか虚勢が混じっているように聞こえる。あまりに獰猛な犬の群れを前にして、自分が縮み上がっていない事を誇示《こじ》するような、無理をした笑い声だ。暴力沙汰は日常茶飯事の荒くれ者たちにとっても、この光景はかなりハードなもののようだ。

それは無類の動物好きにとっても同じらしい。瀬尾の傍らで男鹿が硬い表情をしているのが分かった。さすがの男鹿にとっても、狂ったように血を、肉を求める大きな犬たちは脅威以外の何物でもないようだ。

――と、その時、瀬尾の斜め後方で、加納が土門に何か合図を送ったのが分かった。

土門の巨体がこちらに近づいてくる。思わずハッと身を固くした瀬尾の傍ら、バケツ男の体が浮き上がった。土門が持ち上げたのだ。

「へ？」何が起きたか分からないまま、次の瞬間、バケツ男の体は柵の中に投げ込まれていた。犬たちが一斉に尻餅をついたバケツ男の方を向く。周りの手下たちも、一瞬何が起きたかわからない表情で、柵の中のバケツ男と加納を交互に見ている。

慌てて起き上がったバケツ男が大声で悲鳴を上げ、喚き散らす。

「やめろ！　助けてくれ、出してくれっ」

そして犬たちを威嚇《いかく》するように牛刀を全力で振り回す。

「来るな、来るなっ」

しかし、バケツ男の懸命のあがきも、犬たちにとっては何の意味も為さなかったようだ。まず、百キロはあろうかという土佐犬が、バケツ男の振り回す牛刀をものともせずに飛びかかった。バケツ男が言葉にならない悲鳴を上げながら仰向けに倒れる。息つく間もなく次から次へと犬たちが一斉にバケツ男の体に群がり、一瞬にしてバケツ男の体は犬たちの体で見えなくなった。

犬たちは勢い良くバケツ男の体にむしゃぶりついた。赤黒い肉片や血液がそこかしこに飛び散り、部屋全体にむわっとした血の匂いが広がる。喉笛を咬み切られたのだろう、バケツ男の悲鳴は止んだ。後はただ、犬たちが獲物の肉体を貪《むさぼ》り食う音だけが聞こえている。

まさに「阿鼻叫喚《あびきょうかん》の地獄絵図」だ。

その様子を無表情に見下ろしている加納。土門や赤松を含めた手下どもは、あまりに凄惨な光景に言葉を失って立ちつくしている。

腸だろうか、何か長い臓物を、顔を血に染めた犬たちが二頭、両側から引っ張り合っているのが見える。それを見た手下の一人が我慢できずに吐いた。なし崩し的に二、三人が続いて吐いている。瀬尾も喉から込み上げてくる物を感じたが、堪えた。口に広がった苦い味を何とか呑み込む。

「こいつは売り物のシャブに手ェ出してた」

どんどん食い尽くされていく、かつてバケツ男だった肉塊を冷徹な目で見下ろしながら、加納は誰にともなく淡々と語る。

「ウチに損害を与える裏切り行為や。ええか。目ェ逸らさずによう見とけ。ウチに舐めた真似しくさった奴は一人残らずこうなる」

犬たちはまだ食べ足りない様子で細かい肉片を奪い合いながら貪り食っているが、既にバケツ男の肉体は残っていない。テレビでしか目にした事のない、サバンナで肉食獣に食い尽くされた草食獣の骨のような物が残されているだけだ。

――もうすぐ自分もこうなるのか。

変わり果てたバケツ男の骨を見下ろして瀬尾は慄然《りつぜん》とする。

傍らの男鹿とアザミに目を遣る。アザミは依然として意識が朦朧としたままのようだ。バケツ男の無残な最期も虚ろにしか見えていなかったのかもしれない。だとしたら不幸中の幸いではあるが。

一方、男鹿の横顔に瀬尾は違和感を覚えた。真っ直ぐ前を見据え、どこか自信ありげに見えるのだ。

瀬尾はハッと男鹿の手許を見た。まだ後ろ手にはなっていて、縛られているように装ってはいるものの、結束バンドは既に切断されているように見える。バケツ男が犬たちに生きながら食い殺されるというあの異常な状況の中で、男鹿は誰にも気づかれる事なく黙々と、やるべき事をやっていたのだ。あの硬い表情も犬たちを怖れていた訳ではない。作業している事を悟らせないためのポーカーフェイスだったようだ。

瀬尾は心の中で拍手した。

――よし。これで突破口は開けるはずだ。

が、次の瞬間、せっかく見えた希望の光は呆気なく潰《つい》える事となった。

突然、土門が背後から男鹿の体を抱え上げたのだ。

「やめて！」

男鹿の危機に、今までグッタリとしていたアザミが痛切な悲鳴を上げた。

加納の口の端が歪んだ。笑ったのだ。

「今、教えたやろ。ナメた真似しくさった奴がどうなるか」

どうやら男鹿は結束バンドを切断した事を加納に気づかれてしまったらしい。加納の合図で土門は躊躇する事なく、男鹿を柵の中に放り込もうとしている。

マズい。考えている暇はなかった。

「やめろ！」

気がつくと、瀬尾は叫び、動いていた。土門に向かって体当たりしようとする。

——が、ここで予想外の事が起こった。

空中で振り回した男鹿の拳が瀬尾の頬を直撃したのだ。男鹿に裏拳を食らうような形となり、瀬尾は勢い良く後方へ吹っ飛んだ。何とも情けない格好で尻餅をつく。

駄目だ。終わった。最後の希望はあっさり潰えてしまった。

尻餅をついたまま、泣きそうになりながら男鹿を見上げる。

と、今まさに柵の中に放り込まれようとしている男鹿と目が合った。瀬尾はハッとした。

男鹿の目はまだ死んでいない。

――アホ。余計な事するな。

男鹿の目は瀬尾に対し、確かにそう言っているように見えた。

どういう事だ？　この状況においてもまだ勝算があるというのか。

そんな男鹿の様子には気づかないまま、土門は、バケツ男と同じように男鹿を柵の中に放り込んだ。アザミが悲鳴を上げ、顔を伏せる。

先程と同様、犬たちの視線が新たなる闖入者《ちんにゅうしゃ》に集まった。

――駄目だ。やはり、もう終わりだ。いかに男鹿といえども、この状況をどうにかできる訳がない。男鹿がバケツ男のように無残に犬に食い殺される場面など見たくはない。瀬尾は目を背けようとした。が、その時――。

男鹿が意外な行動に出た。

四つん這いになって体を伏せ、大きなあくびをしたのだ。

生死を賭けたこの状況にはあまりにそぐわない、緊張感の微塵もない行動。

瀬尾は最初、極限状況に追い込まれた男鹿が遂に狂ってしまったのかと思った。厳し過ぎる現実から目を背けるために精神が崩壊してしまったのかと。

しかし、次の瞬間、もっと驚くべき事が起こった。

バケツ男の時には、あれほど凶暴に人間の肉体を破壊し尽くした犬たちが、男鹿の事を全く襲わないのだ。男鹿に近づいてはいくものの、ただ興味深そうに男鹿の尻の匂いを嗅いだりしているだけなのだ。

「カーミング・シグナル……」

傍らでアザミがそう呟くのが聞こえた。その言葉の意味は分からなかったが、男鹿なりに何か考えがあっての行動だという事は窺えた。

さらに男鹿は前足――いや、両手を前に突き出し、少しだけ腰を上げたかと思うと、次の瞬間、なんと背中を地面につけ、寝転がるように仰向けになったのだ。バケツ男の血で顔を紅く染めている巨大な犬たちに対して、無防備にも腹を晒《さら》している。

次の瞬間、犬たちが男鹿に飛びついた。

ほら見ろ、さすがにもう駄目だ――と思いきや、違った。

犬たちは男鹿の顔を舌で舐め回している。じゃれついているのだ。アザミが嫉妬しかねない程の蜜月ぶりだ。

「どうなってる！」

動揺した赤松が叫んだ。

「とっとと襲いかからんかい、この馬鹿犬ども！」

土門がオーバーなアクションで犬たちをけしかける。

「そうだ、早うやらんかい」「いてまえ言うてるやろ」「何してるんや、アホンダラ」

土門に倣って加納の手下どもが犬たちをけしかける。

――と、犬たちがそれに反応するように、男鹿から彼らに目を移した。彼らを睨みながら低い唸り声を発し始める。

思わず怯む土門たち。

それを見て男鹿が動いた。地面に横になっていた体勢から勢い良く起き上がると、ラグビー選手のタックルのように、肩から渾身の力で木製の柵に突っ込んだのだ。男鹿の鋭く重い突撃を受け、木製の柵は破壊された。木片が弾け飛び、その部分だけ人一人が通れるくらいの穴が開いた。

驚いている男たちが対処する間もなく、その穴から犬たちが凄まじい勢いで飛び出して来る。決壊した堤防から濁流が溢れ出すように、次から次へと。

「伏せろっ」

呆然としていた瀬尾はアザミと共に、男鹿に引き倒された。

「犬たちに背中とケツの穴を向けるんや」

言われた通りに、犬たちに背中と尻を向けて伏せる。

一方、赤松や土門ら加納の手下どもは皆、何とか犬たちを遠ざけようと躍起になっている。威圧的に牛刀を盛んに振り回し、オーバーアクションで犬たちを脅かし、従わせようとしている。

「やめろ、クソ犬ども」「こ、こっち来るな」「戻れ、戻らんかい」

しかし、溢れ出した犬の濁流は止まらない。あっという間に男たちを呑み込んだ。怒濤《どとう》の如く男たちに襲いかかり、押し倒す。

それを見届け、男鹿が瀬尾とアザミに囁く。

「今や。逃げるで」


三人は廊下へと出た。男たちは追って来ない。

とにかく来た道を出口へと走る。

きつそうなアザミに両側から肩を貸して走りながら、瀬尾は男鹿に問いかけた。

「さっきのは何や？」

「あ？」

「犬が急に大人しくなったやろ」

「ああ。カーミング・シグナルや」

男鹿が、先程アザミが呟いたのと同じ言葉を発した。

「犬たちの間にはな、不要な争いを避けるためのサインがあるんや。ま、犬だけに伝わるボディランゲージてトコやな」

なるほど。四つん這いになって体を伏せたり、大きなあくびをしたり、寝転がって腹を見せたりしていたのは、ただの奇行などではない。そのカーミング・シグナルを犬たちに示すためだったのか。

「あの食われた奴や他のアホどもみたいに自分を大きく見せて力で従わせようとするんは逆効果や。犬たちは敵やと思って攻撃してくる」

——犬たちを味方にする事ができる。

その確信があったからこそ、男鹿は、土門に柵の中に放り込まれようとしていた時も、助けようとした瀬尾の助太刀を拒み、「余計な事するな」と目で訴えた——という訳か。

「犬は人間ほど愚かやない。話せば分かってくれる」

「………」瀬尾は何も言えなかった。

と、廊下の先に階段が見えてきた。地上へと繋がる出口だ。

「頑張れ、もう少しや」

肩で息をしているアザミに声を掛ける。弱々しく頷くアザミ。辛そうだ。

それでもスピードを上げようとしたその時、廊下の物陰から加納が飛び出してきた。

——しまった。

瀬尾は不覚を悔いた。今思えば、あの処刑場の混乱の中、いつの間にか加納の姿は消えていた。男鹿の奇妙な行動——カーミング・シグナルを見て、これから何が起こるか察したのかもしれない。犬たちによる襲撃を避け、先回りして待ち伏せていたのだ。

牛刀を手にした加納が男鹿に向かって突っ込んで来る。丸腰の男鹿が、それでも正面で加納の攻撃に立ち向かおうとしている。加納の体重を乗せた牛刀の鋭い切っ先が、男鹿の腹に迫る。

と、その男鹿を突き飛ばすように、女の体が間に入った。

アザミだ。アザミが咄嗟に男鹿を庇ったのだ。

加納とアザミが勢い良く衝突する。

アザミの腿の辺りに牛刀が突き刺さるのが見えた。

加納が牛刀を引き抜く。刃にはべっとりとアザミの血がついている。

その牛刀で、加納はすぐに男鹿を攻撃しようとする。

が、その加納の顔面を男鹿の拳が捉えた。加納の体が後方に吹っ飛ぶ。壁に激突し、崩れ落ちる。後頭部を強か打ちつけたのか、起き上がれずにいる。

ぐらり、と倒れかけたアザミの体を、瀬尾が慌てて抱きとめる。

腿の辺りが真っ赤に染まっている。

「ウチはもうアカン。二人で逃げて」

アザミが絞り出すように言った。

「でも――」

「分かった」男鹿が無情に言い放った。

瀬尾は思わず男鹿の顔を見た。男鹿は無表情に、血に染まったアザミの腿を見つめている。

「その傷じゃ逃げられへんやろ」

男鹿の表情からは何の感情も読み取れない。まるで加納の顔のように見える。

「行くで」男鹿が瀬尾に言った。

瀬尾は動けない。

――と、処刑場の方から男たちの罵声と、足音が聞こえてきた。土門ら手下どもが犬たちを振り払い、こちらに向かっているのだ。頭部にダメージを受けて倒れていた加納も起き上がろうとしている。

「お願い。行って！　早う！」

アザミが懇願するように叫んだ。それに背中を押されるように瀬尾は走り出す。

男鹿に続いて廊下を疾走し、地上への階段を駆け上がった。

階段を駆け上がり、地下と地上を繋ぐドアを開け放つ。

地上に出る。廃墟の朽ちて蔦の絡んだ窓から、月の浮かんだ夜空が見える。

瀬尾は男鹿と共に廃墟を飛び出した。

目の前には、見渡す限り森林が広がっている。ここがどこなのかも分からない。どこに逃げるべきなのか。どこへ向かうべきなのか。

背後から男たちの足音が迫って来る。

それにせっつかれるように、とにかく走り出した。

どこまで行っても同じ景色が後ろに後ろに流れていく。自分自身の荒い呼吸音と、早鐘を打つ心臓の音が聞こえてくる。

走って、走って、走った。道なき道を、闇雲に。

やがて水の流れる音が聞こえてきた。川のようだ。音は徐々に大きくなってくる。しかし、その川がどこにあるかは分からない。

——と、突然、踏み出した足が空を切った。足を踏み外した、と分かった時にはもう遅かった。もんどりうって崖を転がり落ちていく。目に見える景色が反転して、反転して、また反転した。崖の下を流れる川が見えた。止まろうとしても無駄だった。もうどうしようもなかった。川の中に落ちる瞬間、崖の上から男鹿が大声で何か言うのが聞こえた気がした——。

13　俺とあいつ

　意識を取り戻した瀬尾の目にまず入ってきたのは、夜空だった。空気が澄んでいるせいか、漆黒《しっこく》の夜空に白く輝く月と星が美しい。思えば、こうやって夜空を見上げたのは随分久しぶりな気がする。続いて、覗き込んでくる男の顔が見えた。男鹿だ。

「なんだ、生きてたか」男鹿が暴言を吐いた。

　――なんだ、とはなんだ。

　瀬尾は文句を言おうとしたが、声を出すのも億劫だった。やっとの事で上体を起こし、周囲を見回す。大小様々な石で地面が埋め尽くされている。傍を、幅が五メートルほどはあるだろう、比較的流れの速い川が流れている。ここが河原である事が分かる。その川と河原を囲むように森林がある。

　どうやら崖から川に転落し、流された瀬尾を、男鹿が助けてくれたらしい。瀬尾も男鹿も、頭のてっぺんから爪先まで全身ずぶ濡れだ。

「助けてくれたんですね？　ありがとうございます」素直に礼を言った。

「は……？」

不思議そうな表情で男鹿が瀬尾を見てくる。

「何で俺がお前を助けなあかんねん」

「せやけど、その格好――」

瀬尾は男鹿のずぶ濡れの体を指差す。と、男鹿は鼻で笑った。

「俺もお前と一緒に落ちただけや。あの崖からな。で、気づいたら、ここに流れ着いとって、傍にお前が倒れてた。ただそれだけの事や」

――なんだ。男鹿も瀬尾と同じように崖から転落して流れ着いただけじゃないか。紛らわしい。思い返せば、瀬尾が川の中に落ちる直前、崖の上から聞こえた男鹿の声、あれは崖から転落する際に男鹿が発した叫びだったに違いない。礼を言って損した、と瀬尾は本気で後悔した。

水に濡れて体に貼りついているワイシャツが気持ち悪い。いくら夏とは言っても、さすがに寒さが身に沁みる。瀬尾の奥歯がガチガチと鳴った。

「ここがどこだか分かります？」

男鹿は腰に手を当て、辺りを見回す。

「さあな。でも見覚えのある景色や。能勢のどこかいうんは間違いない思うが――」

瀬尾は歯を食いしばり、膝をついて立ち上がった。トラックに激突されて受けたダメージが、崖を転落した事によってさらに悪化したようだ。足元がふらつく。それでも何とか歩き出す。

「どこに行く？」

後ろから男鹿の声が聞こえた。瀬尾は振り返らずに歩き続けながら言った。

「そんなん決まってます。アザミさんを助けに行かんと」

「――助ける？」男鹿が鼻で笑った。

「どうやって？　警察にでも通報するんか？」

瀬尾は立ち止まる。

「それは――」

駄目だ。本物の警察が介入したら、それこそ本当にアロワナは摘発されてしまう。瀬尾はアロワナを奪えなくなる。それは裕次郎の死を意味する事になるのだ。瀬尾にとっては、昨日会ったばかりのアザミの命よりも、やはり、ずっと一緒に生きてきた守るべき家族・裕次郎の命の方が大事なのだ。

「お前、ほんまにアザミを助けに行くつもりなんか？　目的は別にあるんと違うか」

瀬尾の考えを見透かしたように男鹿が訊いてきた。

「…………」瀬尾は言葉に詰まる。

男鹿が重ねて問いかけてくる。

「そう言えば、お前、俺とアザミに嘘ついてたな。加納らがペット殺しの犯人やて。犬や猫を殺してアロワナの餌にしてるて」

「──あ、あいつらが……加納らが嘘ついてるんです。あいつらはペット殺しの犯人です。間違いありません」

「いや、奴らはやってへん。あの反応は犯人のそれやない。それにや、これから殺そうとしてる人間に奴らが嘘つく訳ないやろ」

「………」もっともだ。

「奴らをペット殺しの犯人いう事にすれば、俺が動く──そう思うたんやな」

「………」

これ以上、嘘はつけない。瀬尾は黙って頷いた。

「奴らからアロワナ盗った後……俺からも騙し取るつもりやったんか」

「………」

瀬尾は男鹿の方に向き直り、頭を下げた。

「それについては謝ります。すんません」

──と、何かに思い至ったように、男鹿が瀬尾の顔を見た。

「まさかお前がペット殺しの犯人やないやろな。俺を動かしてアロワナ盗ませるために計画的に──」

あらぬ疑いをかけられ、瀬尾は慌てて首を横に振る。

「まさか。そんな事する訳ないでしょ」

男鹿がじっと瀬尾の目を覗き込んでくる。全てを見透かすような、あの目だ。ここで誤解されたら本当に殺される。呼吸するのも忘れ、瀬尾も必死になって男鹿の目を見返した。

瀬尾の額を頬を、冷たい水滴が伝っていく。

しばらく瀬尾の目を見た後、男鹿が口を開いた。

「分かった。それだけは本当みたいやな」

瀬尾は止めていた息をふーっと吐き出した。

男鹿はそれで全ての関心を失ったように瀬尾に背を向けた。

瀬尾は決意し、口を開いた。

「裕次郎の――たった一人の家族のためなんです」

「あ？」訝《いぶか》しげに男鹿が瀬尾の方を見た。

瀬尾は顔を上げた。もうこれ以上、隠し続けても仕方がない。瀬尾は男鹿に全ての事情を説明した。金に困ってヤクザの事務所に盗みに入った事、そこで裕次郎と共にヤクザに捕まった事、期日までにアロワナを盗み出せなければ、そのヤクザに裕次郎を殺されてしまう事――。

瀬尾の話を、男鹿は黙って聞いていた。

事情を話し終えた瀬尾は、男鹿に向かって深々と頭を下げた。

「全部俺が悪いいう事も分かってます。自分勝手やとも思います。でも……助けて下さい。俺に手を貸して下さい」

男鹿は、頭を下げ続ける瀬尾のつむじをじっと見つめ、そして――。

「フン」

鼻で笑い、瀬尾に背を向けた。

「つまらん事に時間を費やし過ぎたわ。これだから人間は嫌なんや。面倒臭くて敵わん。動物のがずっとマシや――」

ブツブツ独り言を呟きながら、男鹿は森林の方へと歩き始める。

顔を上げた瀬尾は、慌てて男鹿の前に回り込んだ。

「待って下さい」

わずらわしそうにしながら男鹿が歩き続ける。瀬尾は追い縋《すが》る。

「どこ行くんですか」

「決まってるやろ。家に帰るんや」

「家に？」

「早う帰ってやらな。チコが腹空かして待ってるやろからな」

「お願いします。加納のトコに――」

「結局、加納らはペット殺しやなかったんやろ」

「それはそうですが――」

「もう俺が奴らに関わる理由もないいう事や」

男鹿が歩く速度を上げた。瀬尾も必死についていく。

「アザミさんはどうするんですか」

「どうって？」

「このままやったら、アザミさんはきっと奴らに殺されてしまいます。助けに行かなくてもええんですか」

「そんなに助けたいんやったら、お前一人で行ったらええやろ。なんで俺があいつを助けに行かなアカンねん」

「…………」

「それに――」と男鹿は続けた。

「奴らがあいつを生かしとくとは思えへん。あの場所に残るて決めた時点であいつの命はそれで終《しま》いいう事や」

「そない言い方――」

歩き続ける男鹿の前に、瀬尾が立ち塞がる。

「アザミさんはあんたのええ人やないんですか！」

足を止めた男鹿が、白けたような目で瀬尾を見る。

「お前、何か勘違いしてるみたいやな」

「え……?」

「俺とあいつはそんなんと違う」

「でも、アザミさんは男鹿さんの事を――」

うるさそうに男鹿が瀬尾の言葉を遮る。

「せやったら、何やの?」

そう言い放った男鹿の目はゾッとするほど冷たかった。

――これが人間の目か?

瀬尾は男鹿の両肩に手をかけ、その目を見据えた。

「あ、あんたには人間の心がないんですかっ。アザミさんは男鹿さんを助けるために――男鹿さんを庇って刺されたんやないですかっ」

気づくと瀬尾は、男鹿に向かって闇雲に怒鳴っていた。

男鹿の表情はそれでも全く変わらない。底冷えのするような目で見据えられ、瀬尾はハッと我に返る。男鹿が口を開いた。

「言いたい事はそれだけか」

「え……」

男鹿が瀬尾の胸を手で突いた。それほど力は入っていなかったようだが、瀬尾は体勢を崩し、砂利の上に尻餅をついた。

男鹿が冷めた目で瀬尾を見下ろす。

「ええ加減にせえよ。家でチコが待ってる言うてるやろが」

そう言い捨てると、瀬尾に背を向け、歩き去っていく。

「ついて来るなよ。これ以上ついて来たら殺すぞ」

男鹿の背中が遠ざかっていく。瀬尾は立ち上がり、叫んだ。

「そんなに動物が大事なんか！　人間よりも動物が！」

瀬尾の声が空《むな》しく響いた。男鹿は立ち止まらなかった。そのまま歩き続けると、生い茂る木々の中へと姿を消した……。

14 天満交番前

数十分後、瀬尾は廃墟の前にいた。

男鹿と別れた後、あの河原から森林の中の道なき道を行き、戻って来たのだ。

廃墟からは随分遠くまで走り、また、流されたのかと思っていたが、実際には一駅分あるかないかぐらいの距離でしかなかった。

――まあ、そんなものだ、と瀬尾は思った。自分ではとてつもなく大きな一歩を刻み続けて来たつもりでも、振り返ってみれば全く大した事はない。

暗闇の中の廃墟は静まり返っている。傍らには、依然として黒のハイエースが停まっている。一方で、加納たちが乗って来ていた車の方は消えていた。加納はもう帰ったようだ。が、少なくとも加納の手下どもはまだこの廃墟の中にいると見える。

――アザミはまだ生きているだろうか。

外から見る限りは、アザミの安否は分からない。男鹿の言っていた通り、加納らによって既に殺されてしまっている可能性も十分にある……。

と、その時。廃墟の中から、あの地下室へと続くドアが開く音が聞こえた。

瀬尾は急いで傍の木陰に隠れ、様子を窺う。

開いたドアから複数の人影が出て来た。瀬尾は十メートルほど離れた木陰から顔を出し、見つからないよう気をつけながら、暗闇に目を凝らした。

ドアから出た人影は、こちら――廃墟の入口に向かって歩いてくる。

瀬尾は懸命に暗闇に目を凝らした。すると――。

見えた。アザミだ。

五人ほどの加納の手下どもに囲まれ、追い立てられるようにして、こちらに歩いてくる。

遠目からでも、加納に刺された足を引きずっているのが分かる。はっきりとは見えないが、腿も広範囲に血に染まっているようだ。また、暗闇の中でも分かるほど、顔はさらに蒼白くなっている。やはり、かなり衰弱しているようだ。

――が、とにかく、アザミはまだ生きている。一先ず瀬尾は安堵した。

が、状況は切迫している。加納の手下どもとアザミは黒のハイエースの方へと向かって歩いているようだ。手下どもの声が聞こえてくる。

「キイ貸せ。今度は俺が運転する」

「ほな、お願いします」

――マズい。

車に乗られて出発されてしまったら、とてもじゃないが追跡などできない。かと言って、今、丸腰の瀬尾が突撃していった所で、アザミを救う事などできないだろう。袋叩きにされ、犬死にするのがオチだ。

——どうすればいい？

だが、考えている時間はなかった。

気づくと瀬尾は、手下どもに見つからないよう足音に気をつけながら木陰から出て、黒のハイエースへと向かっていた。幸い、ハイエースの最後部——トランク部分は、彼らの死角になっている。

そのハイエースのケツに張りつき、しゃがみ込んだ。

手下どもの一人がハイエースのキイを取り出し、遠隔操作でロックを解除する機械音が聞こえる。連中が車のドアを開けるタイミングに合わせて、なるべく音を立てないよう気をつけてトランクを開ける。なんとか体を入れられる分だけハッチを開けると、敵に気づかれないよう慎重にトランクの中——後部座席の後ろに潜り込む。そして、再び手下どもが車のドアを閉めるタイミングに合わせてトランクを閉めた。

その音が思ったより大きくなってしまったらしい。手下どもの一人が怪訝に後方を振り返った。

「今、何か音せえへんかったか？」

手下どもの何人かが後方を振り返る気配がある。

座席の死角になっているため、瀬尾の姿は見えないはずだ。しかし、覗き込まれたらお終いだ。瀬尾は思わず身を固め、呼吸を止めた。心臓が早鐘を打つ音がやけに大きく聞こえてくる。

「……気のせいやろ」

運転手が言い、エンジンをかけた。

瀬尾はホッと胸を撫で下ろす。車の振動とエンジン音に紛れて深く息をつく。

深い暗闇の中を車は走り出した――。


それからどれくらいの時間、そして距離を走ったかはよく分からない。悪路で車体が激しく揺れる度、瀬尾は何度も体勢を崩して大きな物音を立ててしまいそうになったものの、歯を食いしばって何とか耐え切った。

長い間ずっと同じ姿勢でいたために、瀬尾の全身が悲鳴を上げ始めた頃、ようやく車が停まり、車体の振動とエンジンの音も止んだ。車のドアが次々開く音に続き、加納の手下どもが車から降りる音が聞こえた。

「早う降りろ」

手下どもによってアザミも降ろされたようだ。車のドアを閉める音、キイをロックする音に続き、手下どもとアザミがどこかに遠ざかって行く足音が聞こえる。

瀬尾はトランクから慎重に顔を上げた。

そこがどこなのかはすぐに分かった。

暗闇の中に聳え立つ『加納産業』という看板と、貸ビルらしき建物が見えたからだ。おそらく、またあの拷問部屋だか監禁部屋だかに連れて行くのだろう、加納の手下どもがアザミを貸ビルの方へ連れて行く後ろ姿が見えた。が、正面の入口からは入らないようだ。裏口があるのだろうか、貸ビルに面した細い路地へと入っていく。

それを確認した瀬尾は、凝り固まっていた筋肉を何とか動かし、背もたれを乗り越えて後部座席に移動すると、ロックを解除し、車のドアを開けた。急いで後を追う。

アザミを助け出せたとしても、そこからどうやって加納のアロワナを盗み出すか、その算段も全くついていなかった。

――それでも、このまま何もせずには終われない。終わる訳にはいかない。

幸い、この天満の加納事務所の地下室には、水槽に入れられたアロワナがいたのを見ている。なんとか、アザミを助け出し、一緒にアロワナを奪う方法を見つけるしかない。

瀬尾もアザミたちが入っていった路地に入る。貸ビルは想像以上に奥行きがあるようだ。三十メートルほど先にある路地の行き止まりに、加納の手下どもとアザミの姿が見えた。裏口のドアを開け、建物の中に入っていく。

最後尾の男がドアを閉めたのを確認し、瀬尾は裏口に駆け寄った。

鍵は掛かっていない。それは侵入するチャンスであると同時に、今すぐにでも見つかるかもしれないピンチである事を示していた。鍵を掛けなかったという事は、すぐにまたここから出て行く誰かがいるという事。今この瞬間にも手下どもの一人がドアを開け、瀬尾と鉢合わせしないとも限らない。

だが、躊躇している暇はない。瀬尾は慎重にドアを開けた……。


目の前に見覚えのある廊下が見えた。数時間前、男鹿やアザミと共に歩かされた、あの、ひんやりとした無機質な廊下だ。その先に、アザミと五人の手下どもが見えた。幸い、誰も瀬尾には気づいていない。五人の手下どもとアザミは地下へと下りていくようだ。やはり、あの拷問部屋へ向かうのだろう。

瀬尾もそちらへ向かおうとしたその時、予想外の事が起こった。

五人の手下どもが何事か短い会話を交わし、二手に別れたのだ。

五人の中でも目上らしい三人組はアザミと共に地下室へと下りていき、下っ端の二人組は踵を返し、こちらを振り向いた。

気配を察した瀬尾は、二人が振り向く直前、慌てて傍らの物陰に隠れた――はずだ。

確信はない。もしかしたら、こちらを振り向いた二人の視界に、慌てて物陰へと隠れる瀬尾の姿を捉えられたかもしれない。

二人の手下どもの足音が、どんどんこちらへ近づいてくる。その、何かを確信しているような足音は、真っ直ぐに瀬尾に向かって来ているようにも思える。

瀬尾は、すぐにでも逃げ出したい衝動に駆られながらも、それを抑え、じっと息を潜めた。掌に汗が滲む。

足音はどんどん近づいて来て――。

そして、遠くなっていった……。

二人が裏口のドアを開け、そして閉める音が聞こえた。

瀬尾はホッと胸を撫で下ろした。どうやら二人は瀬尾の存在に気づく事なく、外へ出て行ったようだ。

直後、反対の方角から地下室のドアが閉まる音も聞こえた。

瀬尾は物陰から顔を出し、廊下に誰もいない事を確認すると、地下室へと続く階段へと向かった。

音を立てないよう気をつけながら階段を下りていく。下に行くに従い、闇が濃くなっていく。階段を下り切ると、一階と同じような廊下が続いている。

その先から、ボソボソと何かを話しているような低い声が聞こえてきた。

声がしてくる方に目を向ける。廊下を少し行った先の左手にドアが見えた。瀬尾たちが監禁され、アザミが手首を切り落とされた、あの拷問部屋だ。やはり、三人の手下どもとアザミは、この部屋にいるようだ。

瀬尾は足音を忍ばせ、拷問部屋へと近づいていく。聞こえてくる声も徐々に近づいてくる。時折、笑い声も混じる。アザミの声は聞こえない。

ドアには閂《かんぬき》式の物々しい錠がつけられている。そして、錠は外側からしか掛けられないようになっている。その錠も今は開いている。

音を立てないよう細心の注意を払いながらドアをゆっくりと開いていく。

窓のない薄汚れたコンクリートの壁、錆の目立つ鉄柱、天井には今にも寿命の切れそうな裸電球——見覚えのある、ガレージのような拷問部屋の光景が瀬尾の目の前に広がった。多少拭いた跡はあるものの、床に残ったままのアザミの血痕が生々しい。

その部屋の中央付近に三人の男たちがいる。ドアの方に背を向け、立ったまま何事か話し合っている。その三人組の足元に、アザミはいた。結束バンドで足首を縛られ、地面の上に寝転がされている。目は閉じられていて、腿の血も思ったより広範囲に染まっている。肩で呼吸しているのが遠目にも分かった。一刻を争う状況なのは明らかだ。

——でも、どうする？　どうやってここからアザミを救い出す？

そのヒントを得るべく、三人組の会話に耳を澄ます。

三人組はアザミの処遇について話し合っているようだ。途切れ途切れではあるものの、連中の話している内容が、瀬尾の耳にも聞こえてきた。

「構へんて。若頭が……から来る前に早う……やってまお」

三人組の一人――出っ歯の男が、ズボンのベルトをカチャカチャ外しながら忙しくまくし立てる。

「そらヤバいですって。バレたら……済まされませんて」

三人組の中では最も年下らしい茶髪の若者が、出っ歯を止めようとしている。

「何や、お前ビビッてんのか？　……や。若頭たちもどうせ……へんて」

身長は百六十センチくらいしかなさそうなのに、体重は百キロくらいありそうな、豆タンクのような男が、鼻息も荒く茶髪の慎重さを笑う。豆タンクは出っ歯と競い合うように既にズボンを下ろそうとしている。

三人組の話の内容から察するに、どうやら加納たちは何か別の用事でどこかへ行っているようだ。彼ら三人組――さっき出て行った二人を含めれば五人組か――は、アザミをここに運ぶよう命じられ、見張りを任されたと見える。

加納がまだアザミを生かしている理由は不明だが、落ち着いてからじっくり愉しみたいとか、瀬尾や男鹿をまた捕まえてセットで愉しみたいとか、どうせロクな理由ではないだろう。で、見張り役を任された五人組の内、目上と見られる三人組は、その加納が帰って来て手出しできなくなる前に、下っ端二人組を人払いし、アザミの肉体を思う存分〝堪能〟しようとしているらしい。

三人組の足元に横たわっているアザミは、やはり出血が多過ぎるのか、弱り切っている。が、血の気を失ってより白さを増しているその肌や、開いたままの唇から吐き出される苦しげなその吐息は、不思議な妖艶さを醸し出していた。

瀬尾も思わず見惚れてしまうくらいだ。

が、今はそれ所じゃない。アザミが連中の玩具《おもちゃ》にされる前に早く救い出さなければ——。

しかし、相手は三人、それもヤクザだ。いくらアザミの方に気を取られているとはいえ、丸腰の瀬尾が一人で出て行った所で勝機はない。何か良いテはないものか……。

——こんな時、男鹿がいてくれたら……。

そう思わずにはいられなかった。そんな自分を憎むと共に、アザミを見捨てた薄情な男鹿を恨んだ。そして瀬尾は決意を固めた。

——やはり、俺一人の力で何とかするしかない。

瀬尾はわずかに開けたドアの隙間から、拷問部屋の中に目を走らせた。

——と、瀬尾の目が留まった。

ドアから少し離れた位置、ちょうど三人組やアザミのいる部屋の中央付近と、ドアとの間くらいに、一脚の細長いテーブルがある。その上に、加納一派共通の武器である、刃渡り三十センチはある牛刀が三本仲良く並んでいるのだ。おそらく部屋にいる三人組のものと見て間違いないだろう。〝お楽しみ〟に邪魔な武器をそこに置いておいた訳だ。つまり、今、三人組は丸腰。あの牛刀さえ奪う事ができれば、一気に勝機は見えてくる。

三人組は依然として瀬尾の方に背を向けている。どうやらアザミを辱《はずかし》める順番を決めるのに揉めているようだ。

「なら俺に先にやらして下さい」

「アホ、先輩を立てんかい。俺が最初に手本を見せたる」

「ハッ。お前がやった後の穴になんかでけへん。俺が先や」

三人組は議論に夢中でこちらを振り返る気配もない。

瀬尾は音を立てないようゆっくりとドアをさらに開いていく。

ギィッ――古い蝶番が軋んだ音を立てた。

気づかれたと思い、ハッと目を遣る。

が、三人組は背を向けたまま、依然、順番を巡って言い争っている。結局、順番は最も公平で民主的な方法――ジャンケンで決める、という結論に落ち着いたらしい。「最初はグー」という聞き慣れた台詞が聞こえてきた。

ドアに人一人通れる分くらいのスペースができ、瀬尾は体を滑り込ませるようにして、部屋の中に足を踏み入れた。息を殺し、足音を立てないよう慎重に、牛刀の置かれている細長いテーブルへと近づいていく。

唯一こちら側に顔を向けて横たわっていたアザミが、ふと顔を上げた。瀬尾と目が合う。ぼんやりとして半ば閉じられていた目が見開かれる。ハッと唇が動くのが見えた。瀬尾は自らの唇に人差し指を当て、シーッというポーズをとる。ジャンケンに熱中している三人組にバレないよう、アザミが小さく頷いてみせた。

ジャンケンの決着が着いたようだ。勝者の雄叫びと敗者の嘆きが聞こえた。

「せやから、端っから俺にやらせとけばええんや」

敗れた二人、茶髪と豆タンクが不平不満を口にするのを尻目に、出っ歯が改めてベルトを外し、ズボンと一緒にパンツも下ろした。見たくもない汚い尻が露わになる。アザミの前には、もっと見たくないモノが晒されているのだろう。それを目にしてしまったアザミの顔が嫌悪感に歪むのが見えた。

——ゲス野郎どもめ。

瀬尾は牛刀の置かれているテーブルへと急ごうとした。が、次の瞬間——。

アザミに迫る危機に力が入り過ぎたのが悪かったのか、それとも、この二日間、積もり積もったストレスが瀬尾の腸に負担をかけていたのか、あるいは、そもそも瀬尾がそういう星の下に生まれた人間だからなのか——原因は定かではない。複合的な原因が重なり、そういった結果を招いたのかもしれない。

ともかく瀬尾はこの生死を分ける重要な局面で、腸で消化し切れなかったものがガスとなって肛門から放出される生理現象——つまり、屁を放ってしまったのだ。

それも、かなり大きく、かつ間抜けな音の屁を。

それまでずっと背を向けていた三人組が、音に反応し、初めてこちらを振り返った。

瀬尾と目が合う。

一瞬、時が止まったかのようにお互い見つめ合った。

先に動いたのは、三人組の方だった。出っ歯は下ろしていたズボンを上げ、茶髪と豆タンクは、テーブルに置かれている牛刀へと疾走してくる。

どんなに間抜けそうに見えても、さすがはヤクザだ。連中の牛刀へ向かう気迫と勢いに、瀬尾は気圧《けお》されそうになる。

今までの瀬尾ならここで諦めていた。立ちつくしてただ相手のなすがままにされるか、何かしたとしても、心にもないその場凌ぎの土下座をしたり、ヘラヘラ笑って相手の怒りをさらに買ったりするのがせいぜい。そして最終的には、尻尾を巻いて逃げ出した末、全てを生まれ持った不運のせいにするのがオチだった。

しかし、今日の——少なくともこの瞬間の瀬尾は違った。

瀬尾は動いた。力強く地面を蹴った。

一気にテーブルとの距離を詰める。茶髪と豆タンクも勢い良く突っ込んでくる。

皆が牛刀へと手を伸ばす。

先に牛刀を摑んだのは——瀬尾だ。

両手に牛刀を摑むや否や、瀬尾は雄叫びを上げながら夢中になってそれらを振り回した。コンクリートの壁に血が飛び散る。すぐ傍まで迫っていた豆タンクの二重顎を、牛刀の切っ先が切り裂いたのだ。

耳をつんざくような悲鳴を上げて、豆タンクがダンゴムシのように蹲《うずくま》った。両手で押さえた二重顎から血が零れ落ちている。

それを見た茶髪が、ひっ、と腰を抜かした。地面に尻餅をつく。両腕を交互に忙しく動かして這うように後退していく。

その隙に瀬尾は、テーブルに残っていたもう一本の牛刀も左手に摑んだ。これでこの部屋にある武器は全て瀬尾が制圧した。

ズボンを穿き直した出っ歯が、及び腰になりながらも瀬尾を睨みつけた。

「……お前、ふざけるなよ。ヤクザ、ナメるんやないぞっ」

ドスの利いた声で瀬尾を恫喝《どうかつ》する。

が、瀬尾が血のついた牛刀を手に鬼気迫る表情で近づいていくと、あっさり引き下がった。

瀬尾は三人組に牛刀を向け、睨みを利かせながら、アザミの足元にしゃがむ。そして、アザミの足首を縛っている結束バンドを牛刀の刃で切断する。

「おおきに……」

アザミが瀬尾に礼を言った。驚いた表情を浮かべている。

「立てるか？」

瀬尾の肩を借りながら、アザミが立ち上がる。ややふらつき、加納に刺された左脚を引きずってはいるものの、何とか歩く事はできそうだ。

「持てるか？」

瀬尾は、アザミの手──切断されていない、残っている方の手に、牛刀を一本握らせる。

アザミは答える代わりに、力強く牛刀を握りしめた。と、出っ歯の方を鋭く睨み、

「ちょん切ってやる」

ドスの利いた声で言った。その目には本当にやりかねない凄味が宿っている。これまでの彼らに対する恨みか、もしくは父親に虐待され続けた日々をもアザミは思い出したのか。

瀬尾も一瞬驚くほどのアザミの迫力に圧《お》され、出っ歯は思わず急所を手で押さえて後ずさる。

瀬尾は三人組に睨みを利かせながら、アザミを促してドアへと向かう。アザミはしばし牛刀を手に出っ歯を睨んでいたが、瀬尾が「早う」と促すと、冷静さを取り戻したようについて来た。瀬尾が小声でアザミに囁く。

「何て目するんや。ほんまにちょん切るか思うたで」

「そんな訳ないでしょ……冗談よ」

とても冗談には見えなかったが。

「……それよりも、あの人は？　無事なん？」

ドアへ向かって歩きながら、アザミが瀬尾に尋ねてきた。やはり男鹿の不在が気になっているようだ。思う所は色々あるものの、ここで話をややこしくするのは得策ではない。瀬尾は感情を呑み込み、「ああ」と微笑んでみせる。

「心配せんでも大丈夫や」

アザミはどこか釈然としない様子だったが、「そう……」と、とりあえず安堵の表情を浮かべた。

三人組は既に戦意喪失したのか、遠巻きに瀬尾とアザミをただ睨みつけているだけだ。反撃の気配は見えない。

瀬尾とアザミは難なくドアまで辿り着いた。ドアを開け、廊下に出る。

「……お前ら、ほんまに逃げ切れると思うてるのか」

出っ歯の捨て台詞を無視し、ドアを閉めた。門式の錠を掛ける。三人組は閉じ込めた。これでもう瀬尾たちを追って来る事はできない。

「行くで」

二人で廊下を階段へと急ぐ。アザミの息が荒い。気丈に振る舞ってはいるものの、やはり相当衰弱しているようだ。ここから出たら、すぐにでも病院へ連れて行かなければ。

牛刀を捨て、アザミの体を支えながら、地上へと続く階段を上る。

アザミが段差に躓き、よろめいた。

「頑張れ。あと少しや」

アザミを励まし、階段を上り切る。廊下へ出た。

――と、その時。

裏口から建物に入ってくる男たちの姿が見えた。土門や赤松、そして加納の姿もある。ちょうどやって来た彼らと鉢合わせしてしまったのだ。

すぐに土門が瀬尾たちに気づき、大声を上げた。

「お前ら、何してるんやっ」

弾かれるように、裏口とは反対側にある正面入口へと走る。

アザミも足を引きずりながら、懸命に瀬尾と共に走る。

後方から、怒声や罵声と共に、足音の波が押し寄せてくる。

瀬尾は正面入口の開閉扉を体当たりするように開け放ち、外へ出た。アザミも続く。

外は、もう白み始めていた。目の前には、まだ暗い高架下。人通りは完全に途絶えている。少し離れた所に天満駅が見える。とにかく人のいる所へ――アザミと共に駅の方へ向かって走る。

走る、走る、走る。

後ろから、いくつもの乱暴な足音が追いかけてくる。

「もうアカン……うちを置いて逃げて」

傍らのアザミが荒い息の中、声を絞り出すように言った。

瀬尾も走りながら叫ぶ。

「アホ……もう余計なこと喋んなっ」

――と、目の前に、まるで昭和の世界にタイムスリップしたかのような、トタン屋根を頭上に戴くアーケード街が現れた。戦前からずっとあるような赤提灯の居酒屋やら粉もの屋やらに囲まれ、狭くて細い道がいくつも迷路のように入り組んでいる。

瀬尾はこのあたりをよく知っていた。なぜなら瀬尾は、かつて天満に住んでいたことがあったからだ。だから、この複雑な構造のアーケード街も馴染《なじ》みのある迷路だった。

そこに入り込み、とにかく闇雲にジグザグに走った。

その作戦が功を奏したらしい。

「どっち行ったっ?」

「こっちやろっ」

「いや、こっちやっ」

後方から、追手の連中の戸惑う声が聞こえてきた。これまでひと塊になっていた足音がばらけ、四方八方に散らばっていくのが分かる。

「よしっ、このまま大通りまで出られれば、助かったも同然や」

瀬尾はアザミも自分も励ますように言った。アザミはもう喋る力もないように見える。

狭くて細い道をいくつも通り抜ける。

すると、しばらくしてトタン屋根が途切れた。アーケードの終点だ。大通りとはいかないまでも、比較的広い通りに出た。

――が、その時。瀬尾のすぐ後ろで耳をつんざくような衝撃音が響いた。

驚いてハッと振り返る。アザミが倒れている。倒れた拍子に停めてある自転車を巻き添えにしてしまったらしい。何台か並んで停まっていた自転車がドミノ倒し式に倒れている。倒れた自転車はトタンの壁にぶつかって派手な音を出した。衝撃音の正体はこれだったらしい。

慌ててアザミの体を抱き起こす。肌に触れてみて、その冷たさに驚く。

――もう限界だ。

瀬尾は息を切らしながら、急いで周囲を見回した。

一軒だけ、煌々と灯りのついている小さな建物――その建物に『KOBAN』という文字が燦然《さんぜん》と輝いているように見えた。

――助かった。交番だ。

そうだ、ここに交番があった。かつてこの辺りに住んでいた時は、意識もしていなかった交番が、今は自分たちを救ってくれる天国への入り口にも見えた。警察沙汰になれば、裕次郎の命は諦める事になってしまうかもしれない。でも、今はとにかく目の前で消えかけている命を消す訳にはいかなかった。瀬尾のために消えかかっている命を。

瀬尾は、ほとんど意識のないアザミを抱き起こすと、自らの背中に背負った。元々アザミが細身のためか、それともアザミが血を失い過ぎたせいか、重さはさほど感じなかった。それよりも、瀬尾の肩口からダラリと下がった、手首から先のないアザミの腕の方が、瀬尾には応えた。

アザミを背負った瀬尾は真っ直ぐに交番へと向かった。

自転車の倒れた衝撃音に驚いたのだろう、交番から二人の制服警官が出て来た。一人は白髪の目立つ五十代くらいのベテラン、一人はまだ二十代くらいの若手だ。アザミと瀬尾の姿を見て、すぐに異常な状況を察したのだろう。警官たちの表情に緊張が走ったのが分かった。

「大丈夫ですか！　どないしたんですか！」

駆け寄って来た若い方が瀬尾に手を貸し、アザミを背中から下ろした。

瀬尾が警官たちに状況を説明しようと口を開きかけたその時――。

「えらいお騒がせしてすんません」

後ろから聞き覚えのある声がした。

瀬尾がハッと振り返ると、そこに加納がいた。加納の後ろには、土門ら殺気立った手下どもも大勢いる。どうやら先程の自転車の倒れる大きな衝撃音は、彼ら招かれざる客までも呼び寄せてしまったようだ。

「ただの身内の揉め事ですから、気にせんといて下さい」

加納は笑顔でそう言い、瀬尾に肩を組んできた。

「なあ、兄弟」と、不気味な笑顔を瀬尾に向ける。眼鏡越しに見ても、目だけは笑っていない事が分かる。

「こいつら、うちの従業員ですねん。金をちょろまかして逃げようとしたんですわ」

瀬尾は警官たちの方を見て必死に訴えた。

「う、嘘です。俺たち、コイツらヤクザに殺されそうになってるんです。お願いです。助けて下さい」

困った顔をした若い警官が、指示を仰ぐようにベテランの顔を見る。

と、そのベテランが瀬尾に向かって信じられないような言葉を口にした。

「アカンなあ、君……加納さんに迷惑かけたら、そらアカンで」

一瞬、何を言われたか分からず、瀬尾は思わずベテランの顔を凝視した。

加納たちが嘲笑するような笑みを漏らす。

瀬尾は警官たちに対して声を荒らげる。

「ちょっと待って下さい。アザミさんの——この女性の傷、見えてますよね？　腿を刺されてる上に、手首から先、切断されてるんですよ。コレ見ても、身内の揉め事で済ませるんですか」

ベテランも若手も、警官たちは二人揃って気まずそうに目を逸らした。

それを見て、瀬尾は全て察した。

——なるほど。そういう事か。

この警官たちに瀬尾やアザミを救う気など毛頭ない。いや、最初はあったかもしれないが、加納らの登場によって全ては変わってしまったのだ。

「見て見ぬフリ、いう事ですか」

「な、何言うとんねん。お、お前、言葉には気ィつけえよ！」

ベテランが顔を真っ赤にして怒った。図星、という事だ。

その時、瀬尾の頭に一つの噂が鮮明に蘇った。

そう言えば、瀬尾も聞いたことがあった。天満という街に根差して裏社会の一切を取り仕切りながら、しかし地元の人間の生活にもきちっと入り込んでいるヤクザがいることを。

天満が一年で最も盛り上がる天神祭の時には、他のどの企業よりも多い奉納金を納め、肩を並べて神輿も担ぐ。お正月には餅つき大会を開いて地元の人々に餅を振る舞い、ハロウィンやクリスマスには、組の若い連中が子供たちにお菓子を配る。そんなことをもう何十年も続けているから、地元の人たちは裏社会とは薄々知りながらも、一方ではどこか親しみの感情さえ持っている。

瀬尾が天満に住んでいたのはほんの一年ほどだったから、「加納」という名前までは知らなかったが、いつかどこかの呑み屋で聞いたそんな話を、瀬尾は絶望的な頭の中で反芻《はんすう》していた。

「金でも貰うてるんですか」

「せやないっ。そんな訳ないやろ」――こっちは本当のようだ。

「簡単な事やないか」と、加納が横から口を挟んできた。相変わらず瀬尾の肩をがっちり組んでいる。

「どこの誰ともよう分からへん兄ちゃんの話と、いっつも仲良うしてるこの町の〝友人たち〟の話……どっちを信じるかいう事や」

「……なるほど。お巡り黙らすんに金なんか必要ないいう事ですか」

「う、うるさいっ。お前、ええ加減にせえよ！」今度は若い方が怒鳴った。

「せやで。お巡りさんらに失礼やろ。謝らんかい」

加納が瀬尾の頭を摑み、強引に頭を下げさせた。手下どもがせせら笑っている。

ベテランが加納に愛想笑いのような苦笑をする。

「もうええて……ほな加納さん、後は任せたで。あんまり大騒ぎせんといてくれよ」

「分かってますって。お巡りさんらには絶対迷惑掛からんようにしますよって」

瀬尾は深くため息をついた。不思議と怒りは湧かなかった。「ま、こんなモンやろな」という諦めがあるだけだ。この警官たち二人を責める事は、瀬尾にはできなかった。二人にも家族や守るべきものがあるのだろう。瀬尾にとっての裕次郎のように。自分や家族らの身を危険に晒してまで、見ず知らずの若者たちを救うには、警官の給料はあまりにも安過ぎた。あとは、自分たちが見て見ぬフリをしたという事実も、加納たちが全て消してくれる。「死人に口なし」というヤツだ。そう、ただそれだけの事だ。

「ほな行こか」加納が言った。

瀬尾は目を閉じた。

――これで完全に終わった。希望の灯は潰えた。ジ・エンドだ。

＊　＊　＊

瀬尾とアザミが天満の交番で加納の前に力尽きた、その少し前、男鹿は能勢の山道にいた。

あの河原で瀬尾と別れた後、男鹿は、能勢の山道を一人、自宅を目指してひたすら歩いていた。夜も更け、街頭もないこの辺りは闇の濃さを増している。舗装されてはいるものの、昼間でさえ人も車もほとんど通らない道に、動いているものは男鹿だけだ。白いワイシャツはひどく汚れ、スーツのズボンもボロボロだ。人に見られたら通報されそうなひどい格好だが、幸いその心配はなさそうだった。

結局、あの河原は、男鹿の睨んだ通り、能勢にある場所だった。普通の人間が歩くには厳しい距離だが、動物を捜して歩き回る事を生業にしている男鹿の脚力をもってすれば、苦もなく歩ける距離だ。

——で、男鹿はその距離を歩き続け、もうすぐゴールに辿り着こうとしている。

夜道を歩きながら男鹿は、今朝、家を出発した時の事を思い出していた。

あの時、男鹿の家の庭で、みなみは言っていた。

——『うちはチコと一緒にここで留守番してる』

正確な時間は分からないが、もう夜もだいぶ更けている。さすがのみなみも、もう自分の家に帰っているだろう。

そう思っていたから、家に灯りがついているのを見た時、男鹿は思わず足を止めた。

家の窓にあるレースのカーテンから漏れる常夜灯の白っぽい灯り。その灯りが照らす庭先に、みなみの自転車が停まっているのも見える。

みなみは帰っていなかった。男鹿の家にまだいるのだ。

いつまでも帰って来ない男鹿たちを心配してずっと待っていたのか、それとも男鹿たちを待っている間に待ちくたびれて眠ってしまったのか──。

と、そこで男鹿は初めて異変に気づいた。

今まで灯りの方に気を取られて気づかなかったが、灯りの漏れていない方──暗い方のガラス戸の一部が割れているのだ。割れたガラスの破片が家の中の床に散らばって、ヌメヌメと不穏な輝きを放っている。ガラスの破片が家の内側にあるという事は、外側から誰かが──侵入者が──割ったという事だ。

──しまった。

男鹿は自らの不覚を悔いた。

迂闊だった。もしも加納たちがあの後、男鹿の正体を突き止めていたとしたら、男鹿の家を突き止めていたとしたら──最悪の想像が男鹿の脳裏をよぎる。

気づくと男鹿は地面を蹴って駆け出していた。

玄関ドアを勢い良く開け放ち、家の中に飛び込む。

廊下は暗く、人影は見えない。

右手奥にあるリビングから灯りが漏れている。

灯りを目指して暗闇の廊下を走り抜ける。

男鹿はリビングに足を踏み入れた。

まず目に入って来たのは、床の上に無造作に倒れている椅子や丸テーブル、本棚などの家具類だ。倒れて横になったゴミ箱からは紙屑などのゴミが飛び出し、散乱している。明らかに争った痕跡だ。

と、ソファーの後ろの床から覗いているものに男鹿は目を奪われた。

白いワンピースの裾、そこから伸びた白い足――みなみだ。

男鹿は倒れた家具の間を縫い、そこへ急いだ。

ソファーの後ろの床に、みなみがうつ伏せになって倒れている。

男鹿は傍らに跪き、抱き起した。

みなみの目は固く閉ざされている。が――。

眉がピクリと動いた。

意識は失っているものの、命に別状はないようだ。目立った外傷は見られないし、呼吸もしっかりしている。

「みなみ、起きろ」

男鹿の呼びかけに反応したらしい。閉じた瞼の下で眼球が忙しなく動いた後、みなみの目が開いた。

と、反射的に怯えたような声を漏らし、必死に四肢を激しく動かして男鹿の腕から逃れようとする。男鹿を誰か別の人物——おそらくみなみを襲った人物と勘違いし、パニックを起こしているのだ。

「しっかりしろ、俺や」

恐怖に震えるみなみの両肩を摑み、焦点の合わない怯えた目をしっかりと見据える。

「男鹿や。分かるか」

みなみの目が男鹿の顔に焦点を結んでいく。男鹿をしっかりと認識できたらしい。荒かった呼吸が落ち着いていき、肩の震えが止まった。

「男鹿っち……」

消え入りそうな声を漏らし、男鹿に抱きついてくる。そんなみなみの体を引き離し、男鹿はみなみの目を見て訊いた。

「みなみ、説明してくれ。何があったんや?」

みなみは声を震わせながらも、言葉を絞り出そうとする。

「うちな、うち……」

「ゆっくりでええで」

男鹿の言葉に頷き、一つ深呼吸をすると、みなみは喋り始めた。

「暗くなっても男鹿っちたち、なかなか帰って来んし……アザミちゃんのケータイにかけても全然繋がらんし……うち、心配しててん……そしたら、庭で車が停まる音が聞こえて、人が何人か降りて来る音が聞こえて……うち、てっきり皆が帰って来た思て——」

しかし、それは男鹿たちではなかった。

「ガラス戸が割れる音が聞こえて、あっ、て思うた時にはもう——」

ガラス戸からも玄関からも、目出し帽を被った男たちが一斉に雪崩《なだ》れ込んできたという。

「うちも夢中で暴れて抵抗したんやけど、すぐに捕まえられてもうて、凄い力で首絞められて、息でけへんくなって——」

気を失ったのだという。

その時の恐怖と苦痛が鮮明に蘇ってきたのだろう、みなみは顔を顰め、首をさすった。見ると、みなみの白い咽喉《のど》には、絞められた痕が赤く残っている。

「襲って来たんはどんな奴らやった？」

男鹿の質問に、みなみは眉間《みけん》に皺《しわ》を寄せる。

「すぐに気絶させられたから、よう分からへんかったけど……皆、柄悪い感じで……カタギの人たちやなかったと思う」

「デカい奴おらへんかったか」

「デカい奴？　どんな？」

「髪がモジャモジャで、背が高くて、プロレスラーみたいな——」

「！」みなみが鋭く反応した。

「おったんやな？」

男鹿の問いかけに、うん、とみなみが頷く。

「そいつに首絞められたんやもん」

――間違いない。そいつは土門だろう。他の連中も加納の手下どもに違いない。

男鹿は確信した。やはり加納たちは男鹿の正体も住所も突き止め、男鹿が呑気に山道を歩いている間、報復にやって来たのだ。

「瀬尾さんと、アザミちゃんは？」

二人の姿が見えない事に気づき、みなみが心配そうに訊いてきた。

「…………」男鹿は目を伏せた。

「あいつらに、やられちゃったんやないよね？」

「…………」男鹿は何も答えない。それでみなみは察したらしい。申し訳なさそうに俯いた。

「かんにん。うち、あいつらに何もでけへんかった……」

「お前が謝る事やない」

「でも、チコはうちと違うて勇敢に立ち向かって――」

そこでみなみは思い出したようにハッと顔を上げた。

「せや……チコは？　チコは無事やったの？」

男鹿もハッとなる。そう言えば、家に入ってからまだチコの姿を見ていない。

――どうしてもっと早く気づかなかったのか。

慌てて立ち上がり、周囲を見回す。が、チコの姿はどこにも見当たらない。

と、男鹿が息を呑んだ。

灯りのついていないキッチンの薄暗い床、そこに血痕らしき赤茶色い痕跡を認めたのだ。

床に倒れている家具類を乱暴に足で押し退けながら、キッチンへと向かう。

「どうしたの、男鹿っち……」

みなみも立ち上がり、訝しげに男鹿の後を追う。

パチッ――。

男鹿がキッチンの灯りをつけた。点滅しながら点灯した蛍光ランプの生白い光が、キッチンの床を鮮明に照らし出す。

男鹿は目を見開いた。

キッチンの床には夥しい量の血痕が残されていたのだ。人一人が寝られる程の広さがあるキッチンの床、そのほとんどに血痕が広がっていた。

男鹿の背後から覗き込んだみなみが、口を手に当て息を呑んだ。

血痕は、誰かに引きずられていったような痕を残しながら、キッチンの床から暗い廊下へと続いている。
男鹿はその血痕を辿っていく。みなみも続く。
廊下に出た男鹿が、廊下の灯りをつける。
血痕は三メートルほど廊下を行き、途中で右手の方に折れていた。
その先にあるのは、脱衣所と浴室だ。
パチッ――。
脱衣所に入った男鹿が灯りをつける。
浴室の摺りガラスのドアにも、その把手にも血痕がついている。
そして、その摺りガラスのドアの向こうに、ぼんやりと赤い塊のようなものが見える。
男鹿は把手を摑むと、一思いに浴室のドアを開け放った――。

チコは浴室が好きだった。男鹿が風呂に入っていると、浴槽の中に飛び込んで来て、よく男鹿を困らせたものだ。いつもは超然とクールに構えている大人なチコが、その時だけは悪戯《いたずら》っ子のように楽しそうに暴れ回り、そして笑った。だから、男鹿は浴室のドアを閉めてチコが入って来られなくするような事はしなかった。風呂掃除が大変になっても、男鹿が落ち着いて風呂に入れなくなっても、男鹿もまた、チコのそういった姿を見るのを何よりの楽しみにしていたからだ。

そんな楽しい思い出のたくさん詰まった浴槽の中に、チコの変わり果てた姿はあった。死んでいる事は一目で分かった。頭と胴体が切り離されていたからだ。

立ちつくしている男鹿の背後、みなみが目に涙を浮かべている。

「ひどい……生きたまま切り刻むなんて……やっぱり今までペットを殺してきたのもあいつらやったの？」

「…………」男鹿は何も答えない。

ウッと手で口を押さえ、みなみが急いで浴室を出て行った。数秒後、トイレの方から、苦しそうに嘔吐《おうと》する声が聞こえてきた。やがてそれは嗚咽《おえつ》へと変わった。

男鹿は沈黙したまま、かつてはチコだった肉の塊をじっと見つめていた——。

15 最低最悪の鬼畜

一日に何度も死にそうな目に遭う人間、というのもそうはいない。たとえ死にそうな目に遭ったとしても、大抵の人間が一度目か二度目で死んでいるからだ。何度も死にそうな目に遭うという事は、その度に生き延びてきたという訳で、そう考えると自分は案外幸運な人間と言えるのかもしれないな——。

例の拷問部屋で、例の如く手足を結束バンドで縛られた瀬尾がそんな事を考えていたら、牛刀を手にした加納と目が合った。相変わらず感情が伝わりづらい無表情だが、加納の怒りが頂点に達しているだろう事は、さほど付き合いの長くない、会ったばかりの瀬尾にも、十分伝わってきた。傍にいる土門や赤松ら手下どもも、加納がいつ爆発するかピリピリしているのが窺える。

ドアの外から、断末魔のような壮絶な悲鳴が聞こえてきた。出っ歯と茶髪と豆タンクのあの見張り役三人のものだろう。彼らは、瀬尾に不覚を取った事で加納の怒りを買い、瀬尾とアザミが三度目の拷問部屋へ入れられるのと入れ替わりに外へ出されていた。おそらく凄惨な制裁を受けているのだろう。もっとも、それよりも遥かに凄惨な制裁が瀬尾たちに待ち受けている事は間違いないのだが。

加納が深くため息をついた。

「使えへん奴らは生きてる価値もない。そない思わんか？」

なぜか瀬尾に問いかけてくる。

――今度こそ終わりだな。

瀬尾はそう直感した。

アザミの方を見る。瀬尾と同じように縛られ、傍らで転がされている。アザミの呼吸は荒さを通り越し、既に細くなってきている。

「かんにん。巻き込んでしもうて……」

瀬尾の言葉に、アザミが曖昧に微笑む。瀬尾の言葉はもう届いていないのかもしれない。あまりに痛々しいその姿からは、助けてあげたいという気持ちはもう起こらなくなっていた。とにかく早く楽にしてやりたい、それだけだ。

と、加納が牛刀を手に、瀬尾の前までやって来た。瀬尾の顔の前にしゃがみ込む。天井にある裸電球の光を反射し、加納の牛刀がギラギラと光る。

瀬尾は思わず顔を背けた。

が、加納に強い力で髪を摑まれ、無理やり加納の方を向かされる。

「男鹿はどこにおる？」

加納が男鹿の名を出した事に、瀬尾は少し驚いた。男鹿の素性《すじょう》を既に突き止めたという事か。それを察したように加納が口許を歪める。

「極道ナメたらアカンで。あんな男の素性ぐらいすぐに突き止めたわ。あの薄気味悪い家にもお邪魔させてもろたしな」

「……家にはおらんかったんか？」

みなみとチコの事が思い浮かんだ。が、言及はしなかった。下手な事を言って墓穴を掘り、みなみにまで害が及んだら、それこそ目も当てられない。

「物分かりの悪い人やなあ」

呆れたように加納が瀬尾の顔を覗き込んでくる。瀬尾の髪を掴む手にさらに力が入り、瀬尾は痛みで顔を顰める。

「おらんかったから、こうして訊いとるんやないか」

「正直に言うた方が身のためやで」と赤松。

「せや。その方が苦しまずに済む」と土門。

「あんな奴の居場所なんか知らん。こっちが訊きたいくらいや」

瀬尾は正直に本当の事を言った。

加納が瀬尾をじっと見据える。全てを見透かすような、男鹿がよくやるような目だ。やはり男鹿と加納は、根本的に似た者同士なのかもしれない。

加納はしばらく瀬尾の目を見据えると、見切ったように言った。

「……ほな、君はもう用済みやな」

加納の目に確かな殺気が宿った。牛刀の刃が瀬尾の首筋に押し当てられる。ひんやりした刃の感触がなぜか心地良い。

瀬尾は覚悟を決め、目を閉じた。

瞼の裏に裕次郎の顔が浮かんだ。

そして、次の瞬間――。

瀬尾は思い切り煙を吸い込んでいた。

激しくむせる。加納が処刑方法を変えたのか、それともこれが地獄の業火というやつなのか。涙目になりながら目を開ける。

煙だ。灰色の煙が拷問部屋の中に入って来ている。加納が咳き込みながら怒鳴る。

「何やこれは！　一体どうなっとる！」

手下どもが慌ててドアを開けようとする。が、開かない。外から錠を下ろされたようだ。

「どけ！」

土門が蓬髪を振り乱し、巨体を思い切りドアにぶつける。が、固く閉ざされたドアはビクともしない。

「駄目です……閉じ込められました……」

地下室であるこの拷問部屋に窓はない。完全に閉じ込められたという訳だ。

「外の連中は⁉」

手下どもが大声で叫ぶも、外からは何も聞こえない。聞こえてくるのはパチパチと何かが燃えている音だけだ。何者かが加納や瀬尾たちを拷問部屋に閉じ込め、火をつけたのだ。

先程聞こえた悲鳴を思い出した。瀬尾が——瀬尾だけではない、この部屋にいる誰もが——見張り役三人組が絞られている悲鳴だと思っていた、あの悲鳴。あれは三人組だけのものではなかったのだ。おそらく、その謎の犯人にやられた加納の手下どもの悲鳴も混じっていたに違いない。

「クソ、ナメた真似しくさって……どこの組のモンや！」

加納が怒りに任せて叫ぶも、やはり返答はない。

瀬尾はふと犯人の正体に思い至り、加納に尋ねる。

「さっき男鹿の家に行った言うてたな」

あ？　と、こちらを振り返った加納に、瀬尾がさらに尋ねる。

「そこで何をした？」

加納がハッとなる。瀬尾の言わんとしている事を理解したようだ。

「まさか……ありえへん」信じられない、という風に加納が首を横に振った。

「ここにはおまえやその女がおるんやぞ。仲間ごと焼き殺そういうんか！」

瀬尾はフッと笑った。アザミと顔を見合わせる。アザミも笑った。

――やっぱり綺麗だ。

アザミと共にここで焼け死ぬ。それも悪くないかもしれない。

「何が可笑《おか》しい！」加納が怒鳴った。持ち前の冷静さもどこかに吹き飛んでいる。

「加納さん、あんたはあの男の事を見誤っとる」

「何やと？」気色《けしき》ばむ加納に、瀬尾は微笑む。

「あの男鹿いう男はな……あんたなんか足元にも及ばんほど最低最悪の鬼畜や！　俺らを焼き殺す事なんか何とも思ってへん」

加納が圧倒されるのが分かった。

自らも死に瀕《ひん》しているにもかかわらず、瀬尾はなぜか痛快な気分になる。

それはアザミも同じようだ。誇らしげにかすかに微笑む。

「あんた、やってしもうたね。この世で一番敵に回したらアカン男を敵に回したんよ」

加納は顔色を変え、ドアの所に駆け寄ると、両拳でドアを叩きまくる。

「頼む！　何が欲しい？　金か？」

加納がドアの向こうの男鹿に向かって、見当外れの命乞いをしている。

「金ならいくらでも払う。開けてくれ。助けてくれ」

――無駄だ。

瀬尾は笑った。

あの男が金なんかで動くはずがない。

流れ込んでくる煙が勢いを増し、部屋にいる人間たちを呑み込んでいく。手下どもが、咳き込み、むせ返りながら、次々と倒れていく。

煙は瀬尾とアザミにも容赦なく襲いかかる。加納たちと同様に咳き込み、むせ返る。目が痛い。溢れ出てくる涙で視界が霞み始めた。意識が朦朧とし始める。

意識を失う直前、ドアが開き、ガスマスクをつけた、ＳＦ映画から出て来たような人間が現れた気がしたが、それが果たして現実なのか、それとも死ぬ前に見えた幻影なのかは分からなかった……。

16　裕次郎の命

「いつまで寝とるんや。早う起きんかい」

乱暴に頬を叩かれ、瀬尾は目を開けた。目の前に男鹿の顔があった。

――なるほど。地獄の鬼というのは、男鹿と同じ顔をしているのか。

現実から目を背けるようにもう一度目を瞑ろうとすると、さらに乱暴に頬を叩かれた。

「アホ、このタイミングで二度寝する奴があるか」

どうやら生きているようだ。停車している車の中らしい。車の窓から、生い茂る木々と青空が見える。

寝かされていた後部座席から上体を起こし、辺りを見回す。傍らにガスマスクが放置されている。瀬尾が意識を失う直前、拷問部屋に入って来たあのSF男の正体は、やはり男鹿だったようだ。

が、アザミの姿が見えない。嫌な予感がした。まさか、もう――。

「アザミなら病院や」

瀬尾の心中を察したかのように、男鹿がぶっきらぼうに言った。

「大丈夫。命に別状はないいう話や」

瀬尾は心底ホッとした。

男鹿が連れて行ってやったのだろうか。だとしたら、男鹿にしては上出来だ。そう思った途端、男鹿がボソッと呟いた。

「ったく、あんぐらいツバつけとけば治る言うてるのに」

「…………」やはり男鹿は男鹿だ。救いようがない。気を取り直して瀬尾は言った。

「しかし、ガスマスクなんてよく持ってはりましたね」

「アホ。そんなモン普通に持ってる訳ないやろ」

「ほな、ガスマスクなんてどこから――」

「凡蔵や。奴に調達して貰うた。この車も一緒にな」

凡蔵の名を聞いて、瀬尾は嫌な予感がした。

「まさか、またアザミさんの体で払わせるつもりやないでしょうね」

「いや、アイツはしばらく使い物にならん。まァ、凡蔵への報酬については、アテ、があるお前が気にする事やない」

何だかはぐらかされた気もするが、瀬尾は話題を変えた。

「加納らはどうしたんですか」

ああ、と男鹿は感情のない声で淡々と言った。

「お前が気にする事でもない。もう二度と会う事もないやろ」

——あの煙の中で全員死んだのだろうか。いや、男鹿が連中を〝ただ殺すだけ〟などという慈悲深い処分で終わらせるとは思えない。思いつく限りの残酷な画が頭に浮かんで来て、瀬尾は気分が悪くなり、途中で考えるのをやめた。

「ま、奴らがチコにやりよった事に比べたら何て事ないわ」

——やはりチコは加納たちに殺されてしまったのか。

加納たちの言動や、男鹿の起こした激しいリアクションから、ある程度予想はしていたものの、実際に男鹿の口から真実だと伝えられるとかなり辛いものがある。

しかし、だとしたら尚更分からない。

「——なんで俺を助けてくれはったんですか」

確かに直接チコを殺したのは加納たちだが、そのきっかけを作ったのは、男鹿を騙してこの件に巻き込んだ瀬尾だ。同罪と言われても仕方ない。その憎き相手であるはずの瀬尾をなぜ男鹿は救ったのか。

「お前にはまだやって貰わなアカン事がある」

そう言って男鹿は瀬尾に訊いた。裕次郎を人質にとっているアニキたちとの取引時間とその場所を。

瀬尾は怪訝に思いながらも、男鹿に訊かれた通り、取引時間と場所を答えた。

男鹿がニヤリと微笑む。瀬尾は戸惑いながら言った。

「でも、まだアロワナが——」

加納たちは倒したものの、まだアロワナは手に入れていない。アニキたちとの取引には、少なくともアロワナを手に入れなければならないはずだ。

だが、男鹿は「は？」と不思議そうな顔で瀬尾を見た。

「誰が奴らと取引するなんて言うた？」

なるほど。瀬尾は納得した。男鹿は報復するつもりなのだ。瀬尾だけじゃない、アニキたちにも。少しでもチコの死の原因を作った者たち全員に。

「お前をどう始末するかはその後で決める」

いずれにしても瀬尾が男鹿に『始末』される事は既に決定しているらしい。

これでハッキリした。やはり瀬尾は男鹿によって救い出された訳ではない。利用されて殺されるためだけに引っ張り出されたのだ。

男鹿の目は新しい獲物を見つけた猟犬のようにギラついている。

それを見て、瀬尾は自らの発言の正しさを改めて確信した。

——間違いない。この男、やはり加納など足元にも及ばない程の、正真正銘の鬼畜だ。

アニキたちとの約束の場所は××の山の中にある○○だ。人気は全くない。誰にも知られずに秘密の取引をするには最適の場所だ。

瀬尾が約束の時間の五分前にそこへ行くと、既にアニキたちの姿があった。

黒のワンボックスが二台――その内の一台は、瀬尾を山の中に連行した車だと思われる――停まっていて、その前でアニキたちが談笑している。

と、瀬尾が現れたのに気づいて、全員がこちらを向いた。

予想していたよりも多い。全部で十人はいるだろうか。アニキを始め、サル顔に坊主頭にデブに眼鏡――ミナミの事務所にいた連中の顔もある。あの事務所に盗みに入ったのが遥か遠い昔の事のように思える。

そして――裕次郎がいた。

奴隷のように鎖で首輪をされている。酷《ひど》い扱いだ。ロクに食べ物も与えられていなかったのか、少し痩せたようだ。心なしか頬がこけ、ただでさえ大きな目がさらに大きくなったように見える。裕次郎は瀬尾の姿を認め、一瞬笑顔を見せたようだったが、すぐに不安げな表情に変わった。

瀬尾はアニキたちから五メートルほど離れた場所で立ち止まると、込み上げてくる怒りを抑え、できるだけ平和的な口調で言った。

「約束通りアロワナを売った金、持って来ました」

男鹿から渡されたアタッシュケースを掲げる。

「裕次郎、返して下さい」

男たちの間から、おおっ、とどよめきが漏れた。瀬尾が約束通りに金を持って来るとは思っていなかったようだ。

「――本当にあの加納からアロワナ奪ったんか」

アニキが、信じられない、というような表情を浮かべて訊いてきた。

「ええ。ほんまにあの加納からアロワナ奪ったんです」

「一体どうやって?」

「……言わないけませんか」

アニキが探るようにじっと瀬尾の目を見てきた。瀬尾も負けずにアニキの目を見返す。三日前は震えるほど怖ろしかったはずのアニキの目が、今では少しも怖くなっていた。この三日間、瀬尾は怖ろしいものを見過ぎていた。

アニキが根負けしたように「まあ、ええわ」と呟いた。

「とにかく金の確認が先や」

アニキが威厳を取り戻すように、有無を言わせぬ威圧的な口調で言った。

「そのバッグ、こっちへ放れ」

瀬尾は大人しくアニキの指示に従い、アタッシュケースをアニキたちに向かって投げた。

ケースは夜空に放物線を描き、アニキの足元に着地した。

アニキが目で指図し、サル顔にケースを拾わせた。サル顔がケースを開け、中に詰まっている札束が露わになった。男鹿が凡蔵に調達させたものだ。本物か偽札かは聞いていない。凡蔵の事だ。たとえ偽札だったとしても、アニキたちに見破られるような半端な物は男鹿には渡さない。

案の定、アニキたちはしばらく札が本物かどうかを確認していたが、間違いなく本物だと確信したらしい、卑しい笑みを浮かべた。

「もうええですやろ。裕次郎返して下さい」

頭を下げた瀬尾に対してアニキたちが返してきた反応は、人の道を外れたヤクザとして極めて真っ当なものだった。

「お前、ほんまに生きて帰れる思うてたんか」

男たちがニタニタ笑いながら、隠し持っていた各々の得物《えもの》を出した。ナイフに長ドス、正体不明の液体が入った注射器を持っている者もいる。アニキの手には、裕次郎の首を斬ろうとしたあの手斧が握られている。

「アロワナ売った金が俺の懐に入った――そんな事が加納に知られたらコトや。俺とアロワナを繋ぐ糸はお前だけや。悪いが、お前には消えて貰う」

男たちが瀬尾との距離を詰めてくる――。

と、突然、瀬尾がフッと笑った。

不気味な笑みに、男たちの足がハッと止まる。

「なんで笑うとる？　何が可笑しい？」

瀬尾が口許に笑みを浮かべながら口を開く。

「安心したんや。あんたらが人間の屑で」

「何やと？」アニキたちが気色ばむ。

「これで変な罪悪感持たんで済むわ」

「あ？」

「――奴が、来る」

「？」アニキたちが怪訝な表情を浮かべた次の瞬間――。

すぐ近くの物陰から、真っ黒な男が飛び出してきた。全身を黒装束で包み、顔を黒塗りにした男鹿だ。男鹿はアニキたちがここへ来るずっと前から、瀬尾から聞き出したこの場所にずっと潜んでいたのだ。

男鹿の両の手に刃渡り三十センチを超える牛刀が煌めいた。加納一派から拝借してきた物だ。

疾風の如く男たちの群れに突っ込む。

血飛沫が飛び散った。髑髏《どくろ》の指輪をつけた誰かの指が弾け飛んだ。

男鹿の動きはしなやかでかつ無駄がなかった。

右手の牛刀を眼鏡の心臓に突き刺し、左手の牛刀でデブの頸動脈を切り裂いた。

血と脂で切れ味が落ちる前に、あらかじめ仕込んでいたスペアの牛刀に持ち替える。

男鹿は闇の中でダンスをするように男たちの命を奪っていった。そこには躊躇や慈悲というものが一切存在しない。まるで人間が虫を叩き潰す時のように。

サル顔の首は胴体を離れ、坊主頭の腹からは内臓が飛び出した。

最後に残ったアニキの心臓に男鹿が牛刀を突き立てたのは、男鹿が物陰から飛び出して来てから、わずか十五秒後の事だった――。


〝戦い〟というにはあまりに一方的な虐殺が終わった。

血の海の中にアニキたちの死体と何本もの牛刀が転がっている。牛刀には、加納たちの指紋がべったりと付けられている。――そう、男鹿が言っていた。これで警察は、アニキたちの死も、暴力団同士の抗争として処理するだろう。烈しい怒りに駆られながらも、男鹿はあくまで冷静さを保ち、綿密な復讐計画を立て、そして遂行したのだ。

瀬尾は裕次郎の元に駆け寄った。しゃがんで、鎖の首輪を外してやる。近くで見ると、やはりやつれている事が分かる。

「辛かったやろ。かんにんな」

裕次郎の小さな体を抱きしめた。温かい体温が伝わってくる。

——と、背後に男鹿の立つ気配がある。

瀬尾は裕次郎の体を離し、男鹿の方を振り向いた。

男鹿が瀬尾を見下ろしていた。黒塗りの顔は返り血を浴びて、より凄味を増している。手にした牛刀が殺した男たちの血と脂でギラついている。

瀬尾はとっくに覚悟を決めていた。

「殺すんでしょ？　どうぞ遠慮なく殺して下さい。せやけど——」

と、瀬尾は裕次郎に目を遣った。

「裕次郎の命だけは助けてやって貰えませんやろか」

男鹿は瀬尾の頼みには答えず、裕次郎の方に目を遣った。

「……君が裕次郎やったんか」

何か納得するように言った。その物言いが気になった。

「裕次郎の事、知ってはったんですか？」

裕次郎は短い首を傾げて男鹿の顔を見上げている。舌を出してハッハッと短い呼吸を繰り返しながら。

男鹿は、そんな裕次郎の顔を見下ろし、微笑んだ。

「……いや。今日初めて会うた」

フッ……と、男鹿の体から殺気が消えたのが分かった。

「裕次郎の事、大事にしてやらなアカンで」

瀬尾にそう言うと、踵を返し、物陰に隠してある車の方へ歩き始める。そして、呆然と立ちつくしている瀬尾と裕次郎を振り返ると、言った。

「何してる？　早う乗れ。俺の気が変わらへん内に」

瀬尾は慌てて男鹿の背中を追った。裕次郎も続く。四本の足で地面を蹴って。

裕次郎は、大きな瞳と、短い尻尾、垂れた耳がトレードマークの十二歳のパグ、オス。

瀬尾にとって唯一の〝家族〟だ。

17　本当の敵

帰りの車内はとても静かだった。あの怒号と悲鳴と多くの断末魔の叫びに彩られたこの三日間がまるで夢か幻だったかのように。

「……あんなナイフ捌き、どこで覚えたんですか」

助手席で裕次郎を抱いた瀬尾が、黙々とハンドルを握っている男鹿に訊いた。

「戦場でな」

「え……？」

意外な答えに驚いて、思わず男鹿の横顔を見た。どこか外国の傭兵《ようへい》部隊にでも入っていたのだろうか。

「戦場って、どこですか？　もしかして背中の傷は、その時に？」

「…………」男鹿は何も答えない。

踏み込んでくるな——横顔がそう言っていた。瀬尾は正面を向き直り、話題を変える。

「……結局、あのアロワナたちはどうなったんですかね」

主人である加納がいなくなった今、アロワナたちは晴れて〝自由の身〟だ。

「あいつらなら、凡蔵に預けた」

「え……？」

男鹿はあの拷問部屋からアロワナも救い出していたのだ。

「アロワナがガスマスクやら車やら偽札やらを調達して貰うた凡蔵への報酬や」

「なるほど……そういう事やったんですね」

「凡蔵なら、アロワナたちを悪いようにはせんからな」

どうやら凡蔵も男鹿と同種の人間らしい。

瀬尾は粘つく唾を呑み込み、男鹿に頼んだ。

「アザミさんのトコ、連れてって貰えませんやろか」

沈黙する男鹿。瀬尾は必死に続ける。

「直接お詫びしたいんです。お詫びせなアカン思うんです。お願いします」

少し沈黙した後、男鹿が口を開いた。

「アカンな」

「……何でですか」

「お前が謝ったら、あいつは笑って許すやろ。あいつはそういう女や。それでお前は救われるいう訳や。お前が謝りたいんは、アザミのためやない。自分のためや。自分の罪の意識を少しでも軽うしたいエゴのためや。違うか?」

「…………」図星だった。

「アザミに謝る事は俺が許さへん。それがお前に与えられた罰や。ええな」

瀬尾は、真っ直ぐ前を見つめる男鹿の横顔を見た。その顔がなぜか、もうとっくの昔に死んだ父親の顔に似ているな、と思った。なぜそう思ったのかは分からない。父親の顔なんてもう覚えてさえいないのに。


瀬尾と男鹿の乗った車が、ボロボロの一軒家の前に停まった。

元々が茶色だったのかと見紛うばかりに錆だらけのトタン屋根、割れたままのガラス窓には段ボールが貼りつけられ、壁はほとんど朽ちかけている。それが、瀬尾と裕次郎の住んでいる借家だった。

「こんな所にも人間て住めるもんなんやな」

運転席の窓からその家を見上げながら男鹿が感心するように言った。

余計なお世話だ。外見はアレだが、雨漏りさえ我慢すれば、家賃は格安だし、大家は犬好きだし、瀬尾は割と気に入っているのだ。が、余計な口答えはせずに瀬尾は曖昧な笑みを浮かべた。せっかく、命を取られずに別れられそうなのだ。つまらない事で男鹿のご機嫌を損ねたらもったいない。

瀬尾が裕次郎を抱いたまま車を降りた。男鹿と目が合った。

「ほんまに色々とありがとうございました」

深々と頭を下げた。偽らざる気持ちだった。

「アザミさんにも、みなみちゃんにも、お礼だけは伝えておいて下さい」

しばらく瀬尾を見つめた後、男鹿は前を向いた。

「分かった。伝えとく」

そして、車を発進させながら言った。

「元気でな」

予想外の優しい言葉だった。聞き間違いかと思い、瀬尾がハッと顔を上げた時、男鹿の運転する車は既にかなり遠くへ走り去ってしまっていた……。

慣れ親しんだ我が家に帰る。シミだらけの蒲団を見たら、疲れが一気に押し寄せてきた。瀬尾は蒲団の上に倒れ込んだ。テレビをつけたが、あっという間に瞼が重くなってくる。
テレビのニュースでは、天満での火災が流れていた。
「昨夜未明、大阪・天満駅近くで火災が発生しました。火災があったのは大阪市北区の加納産業で、死者、行方不明者六名を出す大惨事に、付近の住民は眠れぬ夜を過ごしました
――」

自らが関わった事件がテレビで報道されている。瀬尾は不思議な気持ちがしながら、顔をテレビに向けた。読み上げられる死亡者には、土門や赤松といった名前があって、瀬尾は複雑な気持ちになる。

ただ、度を超えた疲労は瀬尾の瞼をさらに重くしていく。

薄れゆく意識の中、ふと瀬尾は気になった。

そう言えば、まだ謎が一つ残っていた。

ペット連続猟奇殺害事件――あれに関しては、加納たちの仕業ではなかったはずだ。

では、一体誰が――？

いや、やはり加納が嘘をついていたのかもしれない。男鹿に対する報復だったとはいえ、チコの殺され方も相当酷かったようだし……。いずれにせよ、もう瀬尾が気にするような事でもないのだ。

そんな事を考えながら、眠りの中に引きずられかけた時に瀬尾はもう一つの謎に気づいた。

先程のニュースで流れた名前の中に、加納の名前がなかったのだ。行方不明者としてまだ見つかっていないのだろうか……。だが、極度の疲労が瀬尾の思考力を完全に停止させてしまった。

ま、いいか……瀬尾は眠りに落ちていった。

瀬尾の家はすぐに分かった。ボロ家が多く並ぶその地区の中でも、ひときわ異彩を放つボロ家だったからだ。

＊　＊　＊

ここに来るまで〝彼女〟は、自分が何をしに来たのか、はっきりとは分かっていなかった。男鹿から聞いた裕次郎というその犬を、ただ見に来ただけなのかもしれないし、あるいは、男鹿が命を救ったその犬とふれあう事で、自分の中の何かが変わってくれるのを期待していた気さえする。

しかし、瀬尾のボロ家の軒先で、気持ち良さそうに寝そべっているパグを見た時、〝彼女〟の中から湧き上がって来たのは、自分より小さくて弱い生き物をメチャクチャに傷つけてやりたい、突然襲いかかってきた不条理な暴力がもたらす悲痛な叫びを聞きたい――そういった、サディスティックで残酷な、いつも通りの感情だった。

元々人通りの少ないだろうその道には、〝彼女〟以外、誰もいないようだ。

〝彼女〟はボロ家の軒先へと歩みを進めた。

ボロ家の開けっ放しの窓からは、鼾《いびき》をかきながら寝ている瀬尾の姿が見える。日も高くなってきていたが、瀬尾はまだぐっすりと寝ている。多少大きな音がしたとしても起きる気配はなさそうだ。

〝彼女〟はさらに裕次郎の寝ている軒先へと歩みを進めた。〝彼女〟の黒い影が裕次郎の顔の辺りへ伸びる。

裕次郎が目を覚まし、顔を上げた。〝彼女〟の存在に気づいたようだ。

〝彼女〟はポケットの中からビニル袋を出した。ビニル袋には、挽き肉の塊のようなドッグフードが入っている。睡眠薬を混ぜた物だ。人間にとってはさほど強い量ではないが、小型犬が口にすれば、あっという間に酩酊《めいてい》状態に陥ってしまう代物だ。これでぐったりさせた裕次郎を人気のない場所まで運んで行き、そこで〝彼女〟が今まで他のペットたちにしてきたのと同じ事を行う――。

それが〝彼女〟の計画だ。

〝彼女〟はビニル袋を開けた。ドッグフードを裕次郎の目の前に置く。

裕次郎は一瞬ドッグフードの匂いを嗅いだものの、異変に気づいたのか、それとも、知らない人間から与えられた物は食べないよう躾《しつ》けられているのか、フードに口をつけようとはしなかった。顔の割に賢いのかもしれない。

裕次郎が大きな瞳で怪訝そうに〝彼女〟の顔を見上げてくる。その無邪気な表情が〝彼女〟の衝動を刺激する。

抑え切れない感情に衝き動かされるように〝彼女〟はもう一方のポケットから、隠し持っていたナイフを出した。多くの犬や猫たちの血を吸ってきた凶器だ。

計画は変更だ。今ここでやってしまおう。

裕次郎は不思議そうにそれを見つめている。

〝彼女〟の黒い影が裕次郎の体を覆い尽くし、振り上げたナイフが煌めいた。

その瞬間――。

「やめとけ」

背後から聞き慣れた声がした。

＊＊＊

外から聞こえてくる男女の声に、瀬尾は目を覚ました。両者ともトーンは低いようだが、「殺した」だの「犯人」だの、物騒な言葉が聞こえてくる。両方ともどこかで聞いた事がある声だ。

何事かと思い、瀬尾は起き上がり、窓の外を見た。

まず見えたのは男鹿だ。誰かと対峙《たいじ》している。男鹿の隣にはアザミがいる。アザミもまた、男鹿と同じ方向を向いている。

「落ち着いて。まずはその子、放してえな」

アザミが諭すようにその相手に語りかけている。

瀬尾はアザミと男鹿の視線を辿った。そして、思わず息を呑んだ。

そこには、裕次郎を抱え上げ、その喉元にナイフを突きつけている少女——みなみの姿があったのだ。

「どういう事……？」

瀬尾は思わず呟いていた。皆が瀬尾の方を見た。瀬尾は、裕次郎にナイフを突きつけているみなみに顔を向けた。

「なんでみなみちゃんが——」

「こいつが真犯人やからや。犬や猫らを殺してた、な」

男鹿がみなみを鋭い目で見据えながら言った。

みなみがペット連続猟奇殺害事件の真犯人……？

みなみが血走った目で、男鹿を、アザミを、瀬尾を睨みつける。それは、マスコットキャラクターのように愛くるしい、瀬尾が知っているみなみの姿ではなかった。まるで、追い詰められた手負いの獣のようだ。何かに憑《つ》かれたように、目に入るもの全てに敵意を剥き出しにしている。

「なんで男鹿っちとアザミちゃんがここにおるの？　うちの事つけてたん？」

みなみが男鹿を睨みつけながら訊いた。

「ずっとつけてた訳やない。アザミを瀬尾んとこ連れてくる途中、お前を見かけてな、もしかしたら思てつけてみたんや。そしたら案の定や」

男鹿が何故アザミを瀬尾の所へ連れて来る事になったのか、気になる所だが、とにかく今はそれ所ではない。みなみのナイフの鋭い切っ先は、依然として裕次郎の喉元に突きつけられているのだ。

「……いつから疑うてたん？」

みなみの質問に男鹿が答える。

「チコが死んでるのを二人で見つけた時や」

「…………」

「あん時、お前、言うたよな？」

――『ひどい……生きたまま切り刻むなんて……』

「確かにチコの体はバラバラにされとった。でも、生きたまま切り刻まれたか、殺された後に切り刻まれたかまでは、あれを見ただけでは分からへん。いや、普通は殺された後バラバラにされた思うはずや。でも、お前は違うた。『生きたまま切り刻まれた』と確信しとるみたいやった。なんでか？」

男鹿はそこで言葉を切り、みなみを見つめた。みなみは目を逸らす。

「お前がいつもそうしてるからや」

「…………」

アザミがみなみに問いかける。

「でも、なんでみなみちゃんがそないな事を？　ほんまに優しい子なのに、なんで……？」

アザミの口調は苦痛に満ちていた。みなみの表情が一層硬くなる。

ふと思い当たる事があり、瀬尾は口を開いた。

「――もしかして、みなみちゃん、いじめられとるんやない？」

みなみの目が揺れたのが分かった。やっぱりか。

男鹿とアザミが驚いたようにみなみを見た。

「――そうなんか？」

みなみはますます体を強張らせ、黙っている。みなみを刺激し過ぎないよう気をつけながら、瀬尾は続ける。

「変やとは思うてたんや。普通、みなみちゃんぐらいの歳のコがケータイ取り上げられたら、あんなトコで遊んでなんかいないで、先生に返して貰えるよう必死に頼み込んどるはずや。君ぐらいのコにとってケータイは友達と繋がる大事なツールやからな。けど、君はケータイがなくても平気な顔しとった。せやから――」

「うるさい！」

みなみの持っているナイフの切っ先が、裕次郎の顔の前で激しく動く。

「あんたの言う通りや。うちは学校でいじめられてる！」

「――なるほどな」男鹿がみなみを見据えた。

「せやからウチみたいなトコに入り浸ってたんやな？　他に居場所がないから」

「………………」

「学校でいじめられて溜まったストレスを、自分より弱い者たちに向けたんやな？」

「……男鹿っちみたいな強い人にはどうせ分からへんよ」

みなみは少し笑ったようだった。

「机や教科書に『死ね』とか『ブス』とか書かれたり、靴を隠されて上履きで歩いて帰ったり、虫の死骸を無理やり口の中に押し込まれたり――」

みなみの目に涙が浮かび、口調が上ずり、震え始める。

「服を脱がされていやらしい写真撮られたり、『金払わんかったら、家に火ぃつけるぞ』って脅されて、ずっとお金払い続けてる……そない弱くて情けない人間の苦しみなんか！」

アザミが涙を流している。瀬尾も何も言えず沈黙している。

そんな中、男鹿が口を開いた。

「ほな、お前も分からへんやろな」

「え……？」

「自分らは何も悪うないのに、ただちっちゃくて弱いいう理由だけで、生きたまま切り刻まれなあかんかった動物たちの気持ちなんか」

「………」

男鹿は真っ直ぐみなみを見つめている。その視線に耐え切れず、みなみが目を逸らした。

その瞬間。

男鹿が動いた。

一瞬にしてみなみとの間《ま》を詰める。

みなみが咄嗟にナイフの切っ先を男鹿に向かって突き出した。

アザミと瀬尾がハッと息を呑んだ。

地面に、ポタリ、ポタリ、と血が落ちている。

男鹿の掌が、みなみが手にしたナイフの刃を、包み込むように握っていた。

男鹿がもう一方の手で、ゆっくりとみなみの手をナイフの柄から剝がしていく。零れ落ちるように、みなみの手がナイフの柄から離れた。

ガックリとみなみが膝をついた。その腕から裕次郎が逃れ、瀬尾の方に走ってくる。瀬尾も駆け出していき、裕次郎を抱き止めた。

男鹿は自らの血に染まったナイフを握り直し、膝をついたまま俯いているみなみを見下ろした。

――危ない。

男鹿の全身から不穏な空気が漂っている。

男鹿がこれからやろうとしている事を察したのだろう、アザミがみなみに駆け寄り、その体を庇うように抱きしめた。

「やめて！　まだ子供やで」

「子供も大人も関係あらへん」

ナイフを手にした男鹿が迫っていく。

アザミは目を瞑り、みなみの体をひしと抱きしめた。

――と、男鹿が意外な行動に出た。

アザミに抱きしめられているみなみの手をとると、その小さな白い手に、男鹿の血で赤く染まったナイフを再び握らせたのだ。

「……？」

訝るようにみなみがナイフを見つめる。

男鹿は淡々と言った。

「お前は殺す相手を間違うとる。ほんまに殺さなあかんのは、お前をいじめてたクソガキどもや。今からでも遅うない。そいつらを皆殺しにさらせ」

「……！」

「な、何てこと言うんや」

あまりに常軌を逸した男鹿の言葉に、瀬尾は思わず声を上げた。

だが、みなみはしばらく茫然とナイフと血を流す男鹿の手を見つめた後、ナイフをぐっと握りしめて顔を上げた。その目には、新たな希望を見出したような輝きが宿っている。

瀬尾はみなみにかけるべき言葉を探したが、結局、何も見つけられなかった……。


ポケットに手を突っ込んだみなみの背中が遠くなっていく。そのポケットの中では、みなみの手がナイフの柄を握りしめているはずだ。みなみの背中は心なしか、今までよりもシャンとしているように見える。

瀬尾は男鹿とアザミと共に、小さくなっていくみなみの背中を見送りながら、みなみの握りしめているナイフがこれからどんな風に使われるのかを想像し……目を逸らした。

代わって瀬尾は、アザミの腕に目を遣った。包帯が巻かれているため傷口は見えないが、手首から先がない事は一目見ただけでも分かってしまう。

アザミと目が合った。反射的に謝ろうとした瀬尾は、男鹿の視線に気づいて止まった。

そうだ。アザミに謝る事は男鹿に禁じられていた。

やるべき事を見失った瀬尾がモゴモゴと戸惑っていると、アザミが微笑んだ。

「気にせんで。これはあんたのせいやない。クビ突っ込んだうちの自己責任や」

「せやかて――」

「ええな」アザミが笑顔で遮った。

――ああ、アザミはわざわざそれを言いにここに来てくれたんだな、と瀬尾は思った。

アザミが残っている方の手を瀬尾の前に差し出した。

男鹿は「勝手にせえ」とでも言うように、そっぽを向いている。

瀬尾はぎこちなく微笑みながら頷くと、その手を握った。握手したアザミの手は温かった。

人通りの少ないこの通りにも先程の騒ぎを聞いたのか人の姿が見え始めた。そして人々の好奇の視線が、手首から先がないアザミの腕に注がれる。

と、その視線からアザミの腕を守るように、男鹿がアザミの横に立ち、肩を抱き寄せた。

アザミも瀬尾も驚いて男鹿の顔を見た。

「もうええやろ。病院抜け出して来たんや。とっとと帰るで」

相変わらずそっぽを向きながら男鹿が言った。照れ隠しのように見えた。

「うん」とアザミが男鹿に微笑んだ。瀬尾に向けるのとは違う、女の顔だ。

瀬尾は足下にいる裕次郎の顔を見た。裕次郎は尻尾を振りながら瀬尾の顔を見つめている。瀬尾はため息をついた。

――やっぱり俺にはお前しかいないらしい。

18 美しいプレゼント

「――さあ、入って入って」

玄関先でアザミに手招きされ、瀬尾は約一カ月ぶりに男鹿の家に足を踏み入れた。

アザミの後に付き従い、相変わらず薄暗い廊下を歩いていく。まだ残暑は厳しく、アザミも肩を大胆に露出したノースリーブのワンピースを着ている。そこから覗く白い肩、白いふくらはぎの艶めかしさに瀬尾は思わず目を奪われる。が、結局最後には、手首から先のない片腕にどうしても目が行ってしまう。

そんな瀬尾の視線には気づかない様子で、アザミが申し訳なさそうに言った。

「おおきにね。わざわざこんな山ん中まで来て貰うて」

「それは構わへんけど……見せたい物って何?」

――見せたい物があるんよ。

アザミからそう電話があったのは、二日前の夜の事だった。

「んふふ……秘密」

二日前と同じように答えて、アザミは軽やかな足取りで右手にあるリビングへと入っていく。訝しく思いながら瀬尾も続く。

男鹿はリビングにある椅子に腰掛け、退屈そうに頬杖をついていた。部屋に入って来た瀬尾を認めると、露骨につまらなそうな顔をして吐き捨てるように言った。

「何や、お前か」

「ご無沙汰してます」

「アザミがスペシャルゲスト呼ぶ言うてたから、どんなんが来るかと思うてたのに、とんだ期待外れやな」

相変わらず、態度も口も最悪だ。

「えらいすみませんね。スペシャルやのうて」

「ハッ、ゲストですらないわ」

「まあまあ、せっかく来て貰うたのに失礼やないの」

アザミが間に入り、瀬尾に椅子を勧めてくれた。

「お前が勝手に呼んだんやろ。俺は呼んでへんぞ」

「おおきに」椅子を勧めてくれたアザミに礼を言い、うるさい男鹿の隣に座る。

「ほな、ちょっと待っててね」

そう言い残し、アザミはリビングを出て、どこかへ行ってしまった。

リビングには、瀬尾と男鹿だけが残された。

「……『見せたい物』って何ですかね」

気まずい沈黙を埋めようとして瀬尾は男鹿に尋ねた。

「――フン、大したモンやない」どうやら男鹿は、『見せたい物』の正体を知っているようだ。

「ガッカリする前に帰るんなら、今の内やで」

「いえ、ちゃんと見させて貰います」

「……勝手にせえ」

沈黙。

「……今日は裕次郎、おらんのか？」

やはり男鹿だ。瀬尾の事はともかく、裕次郎の事は気になっているらしい。

「今日は家で留守番して貰うてます。遠出に付き合わせるんは可哀想なんで」

「ほうか」

「ええ」

「……でも、今度来る時は連れて来い」

そう言った男鹿の横顔がやけに寂しそうに見えた。やはりチコがいなくなった事が相当応えているのだろう。

「分かりました。必ず連れて来ます」――そう、必ず。

今度は、瀬尾が気になっている事を男鹿に訊いた。

「みなみちゃんはあれから――」

「さあな……とにかくここには来てへん」

「そうですか……」

あの日、男鹿から「いじめっ子どもを皆殺しにさらせ」と渡されたナイフをポケットに入れ、去っていったみなみのシャンとした背中を思い出す。その後、『女子高生が同級生を刺し殺した』とかいうセンセーショナルな事件が起こっていない所を見ると、どうやらそのナイフは使われずに済んだと思われる――が、本当の所はどうなのだろうか。男鹿を傍で見て来たみなみの事だ。表沙汰にはならない方法で、既にいじめっ子どもを〝消して〟しまっているのかもしれない。男鹿が加納やアニキたちにやったように。

男鹿の目論見通り、警察はいとも簡単にアニキたちの死を『暴力団同士の抗争』として片づけてしまった。男鹿にとっても、もちろん瀬尾にとっても願ってもない事ではあるが、瀬尾は同時に不安にもなってくる。

瀬尾が男鹿に許されたのは、裕次郎の存在のおかげであり、かつ男鹿の気分に依る所が大きい。すなわち、今後、裕次郎の身に万が一の事があったり、男鹿がチコのいない寂しさをどうしようもないくらいに募らせてしまったら、瀬尾もまた、加納やアニキたちと同じ末路を辿らされる事になるに違いないのだ。

瀬尾は、これまで以上に裕次郎を大事にしようと固く心に誓うと共に、傍らに座っている男鹿のご機嫌を窺い、心にもない事を言ってみる。

「男鹿さん、いつまでも元気でおって下さいね」

男鹿が露骨に眉を顰めた。

「何や急に？　気持ち悪い」

その時、「お待たせ」という弾んだ声と共に、アザミが戻って来た。両腕を背中に回し、『見せたい物』とやらを隠しているようだ。

「これはね……この人が初めてうちにくれたプレゼントなんよ」

誇らしげに男鹿を見ながらアザミが言った。

瀬尾は驚いて男鹿を見た。意外だった。この冷血漢にそんな甲斐性があったとは。

「アホ、もったいつけんと早よ見せんかい」不機嫌そうに男鹿が言った。

瀬尾はプレゼントが何かを想像する。男鹿の事だ。ダイヤの指輪だの薔薇の花束だの、普通に女性が喜びそうな物など贈るはずがない。きっと亀の卵とか、大蛇の抜け殻とか、貰った方が始末に困るような物に違いない。

気の利いた突っ込みを入れる準備をして、瀬尾はその時を待った。

アザミが「じゃん！」と、体の後ろに隠していた両腕を、瀬尾の目の前に突き出した。

そこに〝プレゼント〟はあった。

それは、亀の卵でも大蛇の抜け殻でもなければ、ダイヤの指輪でも薔薇の花束でもなかった。

そんな美しいプレゼントを瀬尾は見た事がなかった。

〝それ〟は、アザミの片腕——手首から先にピタリと嵌《は》まっていた。

男鹿のアザミへのプレゼント、それは、オーダーメイドの義手だった。

瀬尾は不覚にも泣いていた。


〈終〉

大阪《おおさか》ストレイドッグス
伝説《でんせつ》のペット探偵《たんてい》・男鹿《おが》の冒険《ぼうけん》

2016年2月12日　初版発行

著　者　長原成樹

発行人　内田久喜
編集人　松野浩之

構　成　稲本達郎
装　丁　長井究衡
ＤＴＰ　西本レイコ
編　集　新井治
取材協力　藤原博史（ペットレスキュー 代表）
遠藤匡王（ジャパン ロスト ペット レスキュー代表）

発行　ヨシモトブックス
〒160-0022　東京都新宿区新宿5-18-21
電話　03-3209-8291

発売　株式会社ワニブックス
〒150-8482　東京都渋谷区恵比寿4-4-9　えびす大黑ビル
電話　03-5449-2711

印刷・製本　シナノ書籍印刷株式会社

ISBN978-4-8470-9423-1